跡継ぎをお望みの財閥社長は、初心な懐妊妻に抑えきれない深愛を注ぎ尽くす

m a r m a l a d e b u n k o

逢咲みさき

marmalade bunko
マーマレード文庫

跡継ぎをお望みの財閥社長は、
初心な懐妊妻に抑えきれない深愛を注ぎ尽くす

目次

跡継ぎをお望みの財閥社長は、
初心な懐妊妻に抑えきれない深愛を注ぎ尽くす

プロローグ

桜前線が日本列島を北上する四月、日本経済を牽引《けんいん》する名家の屋敷に私は赴《おもむ》いた。広大な敷地は三千坪はあるだろう。そこに鎮座《ちんざ》する洋館は芝生に映《は》えるオフホワイト。二階のベランダには列柱が並び、塔屋には優美な彫刻が施《ほどこ》されている。

いよいよ今日からはじまるのね……。

いざ玄関ホールに踏み込めば使用人が腰を折る。丁重《ていちょう》な出迎えに身を引き締めた矢先、屋敷の主が現れた。

彼は神崎遼真《かんざきりょうま》。高級スーツを身に着け、絵画から抜け出た風な麗しい顔立ちだ。私より六つ年上の三十歳なのに、旧財閥の出自故《ゆえ》か実年齢以上の風格がある。

初対面でもないのに完璧な美貌《びぼう》に目が奪われた。

さり気なく視線を外した矢先、彼が至極真面目《しごくまじめ》な顔で言い放つ。

「子孫繁栄《しそんはんえい》の為に毎晩手加減なしだ。いいな」

大胆な発言は男女の営みを連想させる。けれど頬が紅潮《こうちょう》する私とは裏腹に、彼はどこ吹く風といった様子だ。

私達は婚約した。夫婦になるなら自然の流れで身体を重ねる日も来るだろう。
でも、彼とは名家の〝しきたり〟で結ばれるだけ。私達の間に恋愛感情はないはず。
冗談でしょう？　そうに決まってる……。
胸中《きょうちゅう》に言い聞かせても心臓は波打つばかり。
漆黒《しっこく》の瞳に捉《とら》われながら、ここに至る日々を振り返っていった。

第一章　私の大切な人

都心の桜が開花を迎えた三月。

高層ビルが並ぶオフィス街の一角《いっかく》に緑豊かな公園がある。満開の桜が美しさを装うその場所は、平日の昼限定で屋台村に変貌《へんぼう》していた。桜木の脇に停車する赤いワゴンが私の職場だ。

今月、二十四歳になった私は高瀬奈緒《たかせなお》。

飲食店は清潔感が重要だから化粧は控えめ、腰までの黒髪は丸めて茶色のハンチング帽に押し入れた。白シャツとブルージーンズは洗い立てだ。

半年前、私は中型ワゴンを購入して移動弁当店『ビストロ高瀬《たかせ》』を開いた。

『その若さで店長はすごい』と時折褒められても決して驕《おご》れない。

従業員は私ひとりで贅沢《ぜいたく》が出来る儲《もう》けがないからだ。それでも常連客が徐々に増え、明るい兆しもあったりする。

今日は花見日和《はなみびより》の晴天だ。こんな日は売上がぐんと伸びる。朝の天気予報を見て、『よし!』と喜んだ私の思惑通りになった。

開店して三十分なのに、もうすぐ完売かぁ。

つい口元が緩んだ矢先、顔なじみの客が備えつけのカウンター越しに現れた。ここからほど近い、品川《しながわ》のオフィス街で働く藤宮理人《ふじみやりひと》さんだ。

彼はグレンチェックのスーツを着こなすお洒落《しゃれ》さん。肌は日焼けを知らない白さで、髪は天然そうな栗色だ。綺麗が似つかわしい中性的な美男子だから、職場では女性受けが抜群だろう。それを同性に妬《ねた》まれそうなほど彼には欠点が見当たらない。

「藤宮さん、今日はどうされますか？」

「そうだなあ、日替わり弁当をひとつお願い」

「いつもありがとうございます！　少々お待ちください」

私はにこりと微笑み、早速準備に取りかかる。

本日の日替わり弁当は、砂糖醤油で煮たさわらの照り焼きがメインだ。

副菜は菜の花のサラダとだし巻き卵。旬のタケノコを使った炊き込みご飯は一番の自信作だった。

弁当よし、割り箸よし、紙おしぼりよし！

店名入りのビニール袋を覗き込み、心の声で確認する。代金と引き換えに注文の品を手渡すと、そこで思わぬ賛辞《さんじ》を貰った。

「奈緒ちゃんって、すぐにでもお嫁さんになれるよね。こんなに料理が上手なんだし」

「無理ですよ。彼氏だっていないんですから」

「そうなの？　意外だなあ、こんなに可愛いのに」

可愛い⁉　もうっ、お世辞が上手いんだから……。

陽光みたいな眩しい笑みを頂戴《ちょうだい》して無性《むしょう》に照れてしまう。

人並みにモテると思われ、すこぶる気分がいい。つい頬が緩んだところで、あれっと首を傾げた。

藤宮さん、今日はひとつしか買ってないよね？

彼は記念すべきお客様第一号だ。私が屋台村に出店して以来、足繁《あししげ》く通ってくれては弁当をふたつ購入する。

ひとつは自分の分で、もうひとつは職場の上司の分だ。

これまでの世間話から、藤宮さんの上司は仕事が出来るエリートだと判明した。

彼はその上司に敬意を払っているが、『その人、性格に難ありじゃない？』と私は睨んでいた。だって、食事くらい自分で用意すればいいと思うから。

いま買ったのは藤宮さんの分として、上司の分はいらないのかな？

買い忘れなら困るだろうと、私はおずおずと尋ねてみる。

「あの、今日はお弁当ひとつで大丈夫ですか？」

「うん、上司の分は買わないことにしたんだ。いい加減にしろって感じだしね」

やはり使い走りが不満だったのか、「じゃあ、また」と店先を離れる彼はその足取りも軽やかだ。

ついに意地悪上司に強く出るのね。藤宮さん、ファイトです！

お手頃価格のランチを求め、屋台村は賑わいを増してきた。雑踏《ざっとう》に紛《まぎ》れる彼の背中に、心からのエールを送った……。

それからふたりの客が来店して、嬉しいことに完売御礼だ。

完売は久しぶりだなあ、花見日和に感謝しなきゃね。

春は不順な天候で今日は汗ばむくらい。外の風にあたろうと蒸し暑いワゴンを降りれば、強い横風が吹きつけてきた。

わあ、すごく綺麗……。

帽子を攫《さら》いそうな強風が桜吹雪を演出する。

美しく乱舞《らんぶ》する姿に見惚れてから賑わう屋台村に目を向けた。

無意識に〝彼〟を探してしまう。でも、それは無駄な行為だ。

私は彼の顔を知らない。なのに同じ年頃の男性を見かける度に『あの人かな?』と目で追っている。不思議と彼が近くにいる気がして……。

私には無性に会いたい人がいる。それはSNS上で交流する男友達だ。

彼は三十歳の会社員。仕事で海外を飛びまわり、六カ国語を流暢《りゅうちょう》に話せる。趣味は読書と水彩画で特技はピアノと剣道だ。

いまから七年前、私の父が他界した年に彼とは出会った。

当時、私は高校生。『家計の足しになれば』とアルバイトに励んだ。

しかし私の母は、『自分の為に使いなさい』と貯金をすすめた。その頃にはもう、『父みたいになる』という夢が私にあったから。

私の父は腕利《き》きの料理人だった。総料理長を務めるレストランは連日大繁盛で、私は立派な背中を追いはじめた。父もまた娘の夢を後押しして、仕事がない時は料理の手解《てほど》きをしてくれた。

『奈緒。いつかふたりで店をやろう。最初は経費が安いキッチンカーでもいい』

明るい未来図まで描いていたのに、父は不慮《ふりょ》の交通事故で天に召《め》された。

それから私は母が呆れるほどの倹約家《けんやくか》になった。父の為にも夢は叶えたい。それにはお金が必要だから。

しかし十七歳の誕生日、私は絶品ディナーで舌鼓《したつづみ》を打った。不相応な贅沢のわけは、ハイブランドの装いと高級フレンチの食事券を頂戴したからだ。

贅沢な贈り物は老舗デパートの紙袋で届いた。郵送ではなく、知らぬ間に玄関先にあったから送り主は見当がつかない。

『一体、誰からのプレゼントなの？』

私が不審に思う一方、母は嬉々《きき》として受け入れた。慎重な彼女らしくない態度だ。

『お母さん、送り主は誰？　知っているんでしょう？』

『どうして分かっ……。し、知らないわよ！』

私の読み通り、母は目を泳がせて明らかに動揺していた。なのに、私がいくら追及しても送り主の正体を明かそうとしない。

知りたい私と頑なに隠したい母。

相反する思いは火花を散らしてぶつかり合い、ついに母が折れたのだった。

『お母さんの負けよ。送り主の連絡先を教えてあげるわ』

自室でふて寝する私に、母は走り書きのメモを託した。

母の筆跡で綴《つづ》られたメモには、有名なコミュニケーションアプリと、あるユーザー名が書き記《しる》されていた。

そのアプリは幅広い世代に人気を誇り、インターネット上で写真や動画を自由にシェア出来る優れもの。私もアカウントを持っていたし、探し当てたユーザーに早速ダイレクトメールを送った。

『はじめまして、高瀬奈緒です。素敵なプレゼントをありがとうございました』

最初はありきたりな挨拶文。それから矢継《やつ》ぎ早《ばや》に尋ねた。

『ところで、あなたは誰ですか？』

『母とはどんな関係ですか？』

『おいくつですか？』

『なぜ、私にプレゼントをくれるんですか？』

つい攻撃的になったのは、彼が母の恋人と勘違いをしたせい。

顧みると失礼な物言《ものい》いなのに、彼は私の質問に丁寧に応じた。

『プレゼントの感想をありがとう。気に入ってくれて安心した』

『君のご両親とは古い知り合いだ。お母さんとも君が心配するような関係ではない』

『俺は君より六つ年上だ。いまは仕事で海外にいる』

『プレゼントは君への投資だ。俺は君のお父さんのファンだった。料理の手解きをされた娘の君にも期待している』

『店を持ちたい夢も応援したい。その為には一流の料理を知らないといけない。贅沢は敵だという君の考えは尊重《そんちょう》する。だが、料理人は舌の鍛錬《たんれん》も必要じゃないか？　身を持った経験は必ず君の財産になるはずだ』

私はすべての返信に目を通し、母との関係を疑ったのを深く恥じた。

『とても誠実な人』

それが彼の第一印象だ。更に交流を続ける内に、彼の懐《ふところ》が海のような広さだとも知る。

彼はつまらない相談を持ちかけたって、親身になってくれた。ニキビが治らないと私が愚痴《ぐち》ったら、『最新のニキビケアはこれだ』とすぐさま調べる。『雷が怖くて眠れない』と怯えた夜には、『楽しい話をしよう』と私が眠りにつくまでメッセージを送って寄越《よこ》す。

その内に心からの本音を話せるようになり、いまでは私の一番の理解者だ。それでも不満はある。長いつき合いなのに彼はやたらと秘密主義だから。

彼のユーザー名は〝村雨《むらさめ》〟。にわか雨を意味する言葉で、アカウントを作った時の天気から名づけたそうだ。その一方、私は本名を使っている。

だから彼は〝奈緒〟と私を呼ぶ。『私だけ本名なのは不公平です』と訴えても無駄。

この七年、いくら尋ねても彼は名前を明かさなかった……。

会いたいなあ、その日はいつになるんだろう。

しみじみ思う間も屋台村はいっそう混雑してきた。

完売したんだし、そろそろ帰ろうかな。

ランチを求める人々から視線を戻し、帰り支度に取りかかろうとする。

その時、シックなスリーピーススーツが視界の端に映った。顔を横にずらせば、ハッとするほど美麗《びれい》な男性を目に捉える。

黒髪をビジネススタイルにセットした彼は、三十代と思しき年頃だ。

身に着けたダークスーツは高級品だろう。上質な光沢とエレガントなシルエットが物語っている。背丈は一六〇センチの私が見上げるほど高く、顔は小さい。

最も印象的なのは、涼しげな漆黒の瞳だった。

彼は見事に眉目秀麗《びもくしゅうれい》を体現している。威厳《いげん》的なオーラまで纏い、一体何者だろう。

不躾《ぶしつけ》に凝視すると、彼が血色のいい唇をゆったりと動かした。

「オムライス弁当をひとつ」

ボソッと聞き取り辛い声で言われ、私はようやく我に返る。

いけない、あんまり素敵でつい見とれちゃってた！

「すみません。売り切れなんです」

恐縮しつつ答えると鋭い眼力で睨まれる。それに気圧《けお》され、私はビクッと身を竦《すく》めた。けれど、彼は容赦《ようしゃ》せずに畳みかけてきた。

「それなら幕の内で」

「そちらも売り切れです」

「ひょっとして……、すべて完売なのか？」

彼は若干《じゃっかん》声を震わせて瞳に殺意を宿す。

その形相は縮み上がるほど。それでも正直に答えるしかない。たとえ殺されたって弁当を用意するのは不可能だから。

「申し訳ございません！」

ライオンに狙われた獲物ってこんな心境？

『命だけはお助けを！』と言わんばかりに、私はその場にひれ伏す勢いで頭を下げた。
一、二、三……と心の声で数を唱える。でも、どれだけ待っても彼は無反応。
空腹って人を無性に苛立たせるよね。だとしたって何か言ってください！

私は恐る恐る顔を上げ、次の瞬間に唖然《あぜん》となる。

立ち去る気配もないのに、彼が忽然《こつぜん》と消えていた。まるで狐につままれたみたいだ。

ええ――、いつの間にいなくなったの⁉

ポカンとその場に立ち尽くす私は、さぞ間抜けな顔だろう。

ふわりと嘲笑《あざわら》うような風が吹き、そばの桜木が桃色の花びらを散らせていった。

「あーあ、悪いことをしちゃった」

美しい桜吹雪に包まれながら猛省《もうせい》するしかない。

今日は花見日和だと天気予報で分かっていた。だったら売れ行きを見込んで弁当を用意すべきだ。あの彼は初来店のお客様だし、無駄足となったら二度目はないかもしれない。

こんな心構えだと、いつまでも村雨さんには会えないよね。

『彼と会って話したい』

いつしか願うようになり、これまで何度も誘おうとした。けれど、誘いの文句を伝えられずに今日を迎えている。

彼には会いたい。でも、それ以上に顔を合わせて失望されるのが怖い。

藤宮さんが勘違いしただけで、私に恋人がいないのは事実。結婚どころか、これまでの人生で恋人がいた歴史がなかった。

私は何事においても十人並《じゅうにんなみ》。マスカラいらずの長いまつ毛と二重の瞳は、『化粧映えするよ』と友人から羨まれても、容姿は秀でてない自覚がある。

外見が冴えないなら、内面だけでも誇れる自分になりたい。店がもっと繁盛《はんじょう》して、それなりの儲けが出てから彼を誘おうと心に決めていた。

私は高校を卒業後、調理師学校を経て都内のレストランに就職した。慣れ親しんだ職場を辞めたのは、父との夢を叶える為だ。

独立前は、お客様に料理を提供するだけで満足だった。でも、経営者ならば他にもやるべきことがあるはず。

そういえば出店するのに浮かれて、経営学とか勉強してなかった。よし、本屋でビジネス書を買い漁《あさ》ろう！

思い立ったら吉日とばかりに、私は立て看板を片づけて車に乗り込む。カーナビの行先を本屋にセットし、車を発進させた。


数日後、私は実家の縁側で重いため息をつく。

茜色の夕焼けを眺めながら激動の日々を振り返っていった。

新規のお客様を逃した翌日、商売道具のキッチンカーが故障した。

すぐさま車の整備会社に向かうと、『修理代は前払いで三十万かかる』との話になった。

痛い出費でもこのままだと仕事にならない。

私は胸中で泣きながら、整備会社に振込をした。問題はここからだ。

なんと、その会社が夜逃げをした。私が預けた車と前払金と一緒に……。

商売道具を盗まれるなんて、最悪としか例えようがないよ。

車を失っては店の営業は出来ない。重石《おもし》をつけたように気持ちが沈み、口からはため息ばかりが零れていく。

縁側で猫のように背中を丸めていると、「奈緒」と声がかかった。築十五年の和風家屋《かおく》で共に暮らす母の声だ。

「お茶を淹れたから一緒にどう?」

「うん、ありがとう」

笑顔の母に誘われ、私は口元を僅かに緩める。

盗難に遭《あ》って以来、私は村雨さんとの連絡を絶《た》った。

彼には話を聞いて欲しい。でも、それ以上に心配をかけたくない。

これほど心が沈む出来事は父を亡くして以来だ。どんなに強がっても彼には落ち込みようが伝わってしまう。

出店をすごく喜んでくれたのに、村雨さんにはとても言えないや。

彼以上に親しい人もいないから、車の盗難を知るのは母だけだ。

その母に優しく気遣われ、私は畳敷きの和室に膝をつく。

広さ八畳の室内には年代物の和テーブルと仏壇《ぶつだん》がある。線香の香りが立つ仏壇には、父の写真立てが飾られていた。

白い歯を覗かせる父をぼんやりと見ていたら、威勢《いせい》のいい声が生き生きと耳に蘇る。

『愛する母さんを泣かせる奴は、この俺が許さないからな！』

それは生前の父がよく零していた言葉。当時、私はまだ学生だった。

色恋に敏感な思春期で『子供に惚気《のろけ》ないでよね！』と呆れた風に零したら、父は真顔で言い返してきた。

『人生なんてな、いつどうなるか分からねえ。大事なことは、その都度《つど》伝えなきゃ駄目なんだぞ』

父は不慮の事故で他界した。余命が分かった病《やまい》じゃないし、人生の終わりを悟っていたとは思えない。けれど、我が子に語るほどに母を愛していたのだろう。

心から愛する人と結ばれるって、どれだけ幸せなんだろう。

恋人がいない私には想像しきれず、本音が口からついて出る。

「私を愛してくれる人って、いつか現れるのかなあ」

「五時に迎えに来るわよ」

「誰が？」

我が家に来客は珍しい。

話が噛み合わないのは気にせず、仏壇前の母に何気《なにげ》なく聞いた。すると、こちらを振り返りつつ母がさらりと答える。

「村雨さんよ。奈緒、ずっと会いたがっていたから嬉しいでしょう？」

「えっ……」

村雨さんがここに来るの⁉

母の言葉は衝撃的で、私はくらっと眩暈《めまい》を覚えるほど驚いた。

彼には会いたい。でも、突然来るのは急すぎる。壁掛け時計の時刻は四時五十二分。彼の訪問まで十分を切っていた。

いまの私は、ノーメイクにくたびれた部屋着姿。親しい間柄ならともかく、初対面の彼に見せられる格好じゃない。適当にまとめた髪をどうにかしたいし、お洒落な服にだって着替えたかった。

「お母さんってば、もっと早く教えてよ！」

文句を言う時間さえ惜しい。私は転がる勢いで和室を飛び出した。

村雨さんに会うなら、あの服を着よう！

私は二階の自室へ走り、真っ先にクローゼットと向き合う。そして桜色のカシュクールワンピースに急いで着替えた。迷わず選んだそれは、今月の誕生日に彼から貰ったもの。

この七年、彼は毎年欠かさず私の誕生日にプレゼントをくれる。

料理の勉強の為にと、高級レストランの食事券と高価な装いが主なセットだ。

夢の応援とはいえ、ただ貰うだけでは心苦しい。だから『私の成長を採点してください』と彼の誕生日には、手作り弁当を作って母に託した。

普段は優しい彼だが、その時ばかりは実に厳しい。

『今年の採点は六十点。もっと精進《しょうじん》しろ』

容赦のない採点に酷《ひど》く落ち込んだ年もある。

それでも指摘を受ける度に腕を磨き、自分の店を持てた。ビストロ高瀬の弁当は、彼の評価が高かったメニューばかりだ。

このワンピース、似合ってるって思ってくれたらいいな。

袖を通したワンピースは襟開きがある流行りのデザイン。肩から肘《ひじ》下までの五分袖には綺麗なレースが施され、洗練された女性の装いといえる。

時間があるなら、流行りのメイクをして限界まで着飾りたい。でも、いまは時間がない。やり慣れたメイクを済ませると、来訪《らいほう》のチャイムが階下で響いた。

ああ、時間通りに来ちゃった……。仕方がない、行こう。

髪を綺麗に結うのは諦め、ブラシで梳《と》かすだけにする。

どういう風の吹きまわしか、彼は突然現れた。ただの気まぐれだとしたら、待たせるわけにはいかない。心変わりをして帰ってしまったら、悔やんでも悔やみきれない。

どれだけ親しくなっても、彼は素性を明かさなかった。

知り合った当初、『あなたは誰ですか？』と尋ねたら『君のご両親とは古い知り合いだ』と彼は答えた。いま思うと上手くはぐらかされた気がする。

『名前だけでも知りたい』

この七年、私は何度も尋ねた。けれど追及する度に、彼の返信が決まって遅れる。たまたまとは思えなかった。

『素性を知られたくないんだ。もう聞くのはやめよう』

執拗《しつよう》な追及は彼に嫌われる。このまま連絡が取れなくなったら嫌だ。

その恐怖に心が支配され、いつしか聞かなくなった。

だから未だに彼の国籍すら知らない。語学が堪能なら外国人の可能性もある。

私の両親と知り合いなら身近な人物かもしれない。誰にせよ、素性を隠したい事情があるのだろう。

『いつか話してくれるよね。その日が来るまで待とう』

何も聞かずに待つのが彼への恩返しだ。そう考えて、今日までを過ごした。そして、いよいよ彼の正体が明かされる。

やっと会えるんだ。どんな人だろう？

もし身近な誰かなら驚きを禁《きん》じ得《え》ない。

慣れ親しんだ市場の業者か、学生時代の友人か。まったく知らない誰かなのか。

彼との対面を心待ちにして何度も夢に見た。そして、その都度肩を落とした。顔が分かる直前で夢は無常《むじょう》に終わったから。

それくらい思いを募らせた彼と会える。考えるだけで、ドキドキと心臓が高鳴って苦しいくらい。

ああ、緊張してきた。心臓が壊れちゃいそう……。

気持ちばかりが逸《はや》って、階段を下りる足がもつれそうになる。
転げないように手すりに掴まって階下に着くと、彼の姿を目に捉えた。
その途端、時が止まったように直立不動になる。
どうして彼が……、ここにいるの?
玄関先で母と向き合う彼は意外な人物だ。
呆然と動けない私を母が手招きする。それで私はようやく、ゆらゆらと前進した。
花の蜜に誘われる蝶《ちょう》のように彼に近づく。そして、いま一度確認した。
艶《つや》やかな髪、仕立てのいいスーツ、神々《こうごう》しい美しさ。
間違いない。ずっと会いたかった彼は、先日弁当を買い損ねたお客様だった。

第二章　名家の御曹司に嫁入りします

この人が、村雨さんだったの⁉

目を剥く私とは裏腹に、彼は至極冷静な面持ちで母に告げる。

「それではお嬢様をお借りします」

「よろしくお願いします。さあ、奈緒」

母はにこりと笑って、早く行けとばかりに私を目で促した。

着飾るのに必死で読み違えたが、『迎えに来る』と母は告げていたし、彼は私をどこかに連れて行くつもりだ。

それならあの靴を履こうかな。

下駄箱から選んだベージュ色のハイヒールは彼がくれたもの。

身に着けたワンピースと合わせると、どこぞのお嬢様に生まれ変わった気分になる。

物怖じしそうな高級レストランだって堂々と入店《にゅうてん》出来そうだ。

「奈緒、楽しんでらっしゃい」

ふたりの間で話はついているのか、母は実家に留《とど》まるらしい。

お母さんは一緒に来ないのか。ふたりで何を話せばいいんだろう。

私達は七年ものつき合いだ。空が白むまで語り合ったのも数知《かずし》れない。けれども直に顔を合わせると身体に緊張が走る。

それは彼の美貌が飛び抜けているのも理由のひとつ。まさか、先日見とれたばかりのお客様だとか、誰が予想出来るだろう。

そんな胸中を露《つゆ》知らず、彼は早々に玄関を後にする。

ああ、待ってください！

やっと会えたのに、これでお別れでは悲しすぎだ。ジャケットの裾をひらりと揺らす彼を追って、私は玄関を飛び出した。

「あの、あなたは本物の村雨さんですか？」

無性に会いたかった彼が目の前にいる。

しかも俳優を凌駕《りょうが》する美貌の持ち主だなんて、都合のいい夢のよう。

若干震えた声を飛ばすと、彼は歩みを止めて私を振り返る。

非凡な彼はスタイルまで抜群だ。背丈は一八〇を優に超え、高いところから訝《いぶか》しげに眉を寄せた。

「俺の偽者と会ったことがあるのか？」

「いえ、そういうわけじゃないです！」

慌てて否定すると彼が切れ長の瞳を細める。多分冗談のつもりだろう。非常に分かり辛いが、極度の緊張からは解放された。そこで、はたと気づく。

「いけない、手ぶらだった！」

何も持たずに外出はあり得ない。ハンカチこそ、ポケットに忍《しの》ばせていても電車やバスに乗るならお金がかかる。

化粧直しだってするかもしれないし戻らないと！

私は慌てふためき、踵《きびす》を返そうとした。けれど、させないとばかりにパシッと手を掴まれてしまう。

「何もいらない。お前だけが必要だ」

明瞭《めいりょう》な声で言い切られ、ドキッと胸が高鳴る。

声に誘われるまま目線を上げれば、彼がじっと直視《ちょくし》してきた。異性に慣れない私はそれだけで心拍数《しんぱくすう》が爆上がりだ。

「行くぞ」

彼は有無を言わせぬ態度で、私の手を掴んだまま門扉の外に出る。すると、この辺りでは見受けられない高級セダンを道路脇に見つけた。運転手と思しき男性が後部座席のドアを開け、彼とふたりで車に乗り込んだ。

村雨さんって、一体何者なの？

私は独立する前、名の知れたフレンチレストランで働いていた。

そこの常連客は芸能人に政治家と大物ばかり。だからお金持ちは見慣れていたのに、並び座る彼はその誰よりも気品に溢れている。

ハイクラスな車に乗るのは初体験だ。ただただ恐縮する私を余所《よそ》に、車は静かなエンジン音を立てて発進した。

そういえば、どこに行くんだろう？

流されるまま車に乗ったものの、今更ながら行先が気になる。

ちらりと視線を横にずらして隣の彼に尋ねかけた。けれど、生憎《あいにく》彼はシートに身を預けて瞼を伏せている。

眠ってる？　それとも目を閉じているだけ？

どちらにせよ、『行先を教えてください！』と肩を揺らして迫るのは不躾だ。運転手に尋ねるのも違う気がして、車窓越しに流れる景色をひとりで楽しむことにした。

それから一時間ほど経過し、私達を乗せた高級セダンは立派な洋館の前に停車する。

広大な敷地に聳《そび》える館はベランダに列柱を従えた豪華絢爛《ごうかけんらん》な造りだ。どこぞの貴族が暮らしていそうな佇《たたず》まいに、私の目は釘づけになる。

す、すごいお屋敷だけど、ここで何をするつもり？

私が狼狽《ろうばい》する間にも新たな状況が雪崩《なだ》れ込んだ。運転手が後部座席のドアを開け、村雨さんがそそくさと車を降りてしまう。

ええっ、置いて行かないでください！

このまま車に取り残されても困る。私は慌ててシートベルトを外し、石畳の階段を上がる彼の背中を追いかけた。

いつしか茜色の空は夜の闇《やみ》を引き連れていた。背の高い外灯が私達を招き入れようと石畳を照らしている。

彼の後ろを歩き、玄関ホールに足を運ぶ。そこで私の瞳はいっそう輝きを増した。

外観に圧倒されたばかりだが、室内も期待を裏切らない豪華さだ。

吹き抜けのホールで真っ先に目につくのは、高い天井に吊り下がるシャンデリア。

眩い光を浴びた床には真紅の絨毯《じゅうたん》が広がり、至る所に調度品《ちょうどひん》が飾られている。

はあ、どこを見ても素敵。まるで童話の世界に迷い込んだみたい。

視界に広がる光景は、幼少期の頃に読みふけった絵本の世界のよう。

思わず感嘆の吐息を漏らすと、傍らの彼も息をつく。彼は私のと違い、肺の底から吐き出すようなため息だ。

辟易《へきえき》した態度が気になり、彼が投げつける視線の先を見やる。そこにはメイドと思しき女性達がざっと数えて十人はいた。

Aラインの黒ワンピースと白いエプロンはこの屋敷の制服らしい。装いを揃えた彼女等は何やら口論中だ。その中心には男性がひとりだけいた。背の高いその彼には見覚えがある。

あの人、藤宮さんに似ているような？

遥か前方にいる彼は、私の店の常連客にそっくりだ。あまりにも瓜《うり》ふたつでドッペルゲンガーと思えなくもない。私は目を瞬《またた》かせ、再度彼を確認する。

薄茶色の瞳は大きく、モデル顔負けの中性的な美形だ。クラシカルなグレンチェックのスーツは見た記憶がある。間違いない、藤宮さんだ。

どうして藤宮さんがいるの⁉

彼の登場で私の戸惑いは最高潮《さいこうちょう》に達した。

その間に、彼女達のひと悶着《もんちゃく》がいっそう激しくなる。口火《くちび》を切ったのは若いメイドだ。彼女は艶めかしい声で藤宮さんに言い寄った。

「藤宮さあん、週末は私と遊びに行くのよね？」

「うん。楽しみだね」

彼は白い歯を見せてニカッと笑う。歯磨き粉のCMにありがちな、えらく爽やかな笑顔を見て他の女性達が牙《きば》を剥いた。

「酷い！　私と約束したのに！」

「そうよお。私だってえ！」

藤宮さん、ここにいる全員と約束したの⁉

会話から察するに、私の推測は正しいだろう。予定を二重に入れたダブルブッキングなんてレベルじゃない。うっかりにもほどがある。

私が呆れる間も、メイド達は食らいそうな勢いで藤宮さんを叱責《しっせき》中だ。

ひょっとして痴話喧嘩《ちわげんか》を仲裁する為に招かれたとか？

村雨さんの心中《しんちゅう》は知らないが、ひとまず助太刀《すけだち》をしようと覚悟を決める。でも、私の出る幕はなかった。藤宮さんがたった一言で事態を収拾《しゅうしゅう》したからだ。

「なんで怒るかなあ。デートって皆で仲よくするものでしょ？」

それは……違います。

この場にいる彼以外の全員が私と同じ感想だろう。

彼女達も敵意をどこへ向ければと困惑気味だ。片《かた》や藤宮さんは、『おかしなこと言った？』とばかりにキョトンとしていた。

藤宮さんには欠点がないと思っていたけど、大間違いだったな。

彼は人当たりがよくて見た目も素敵だ。でも根っからの人たらしで、女心が読めない罪な一面がある。

彼への評価を改めたところで、この場が水を打ったように静まり返った。そのタイミングを計ったように、私の傍らで沈黙の帳《とばり》が上がる。

「客人だ」

村雨さんが短く告げた途端、メイド達が一斉《いっせい》に目を見張る。

「おかえりなさいませ！」

高らかに木魂《こだま》した声は玄関ホールを揺らすほど。次に、彼女達はいそいそと彼の前に並ぶ。それからやや遅れ、藤宮さんもこちらに向かった。

「奈緒ちゃん、いらっしゃい」

彼は私の来訪予定を知っていたみたいだ。驚く素振りを見せず、愛想のいい笑みを向けてきた。その一方、私の顔は引き攣《つ》るばかり。『この女、彼の何？』とメイド達の露骨《ろこつ》な敵意を感じたからだ。

こ、怖い。藤宮さんには近寄れないかも！

すぐにでも彼を質問攻めにしたい。でも、この状況下では無理。馴れ馴れしい態度を取ったら、私の立場がますます危《あや》うい。

そう肝《きも》を冷やす私のそばで、村雨さんが藤宮さんを一瞥《いちべつ》した。

「俺の留守中に問題はあったか？」

「パリの支配人から連絡がありました」

「そうか。では――」

「後はお任せください」

ふたりは語らずとも互いの意を汲《く》み取れるらしい。

彼の視線を預かり藤宮さんがコクリと頷く。確かな相槌《あいづち》を貰った彼はメイドを従え、二階へと続く優美な階段を上がっていった。

その姿が視界から消えるなり、藤宮さんに尋ねる。

「ひょっとして、ここは彼の家ですか？」

「そうだよ。おとぎ話のお城みたいで素敵でしょ」

「はい……あの、彼は何者なんですか？」

ここは貴族が住むような豪邸だ。その主が一般人とは思えない。

彼の正体がついに分かる。固唾《かたず》を呑んで答えを待つ私に、藤宮さんは淡々と告げた。

「彼は神崎遼真。帝《みかど》コンツェルンの次期総帥候補で、グループ内のホテル事業『帝リゾート』の社長を任されているんだ」

情報が山崩れの土砂《どしゃ》のような勢いで頭に押し寄せる。それくらい藤宮さんの発言は衝撃だった。

帝コンツェルンは日本経済を牽引する巨大企業グループだ。傘下《さんか》企業は幾多《いくた》にも及び、旧財閥の神崎家が代々グループの総帥《そうすい》を担《にな》っている。

村雨さんがっ……帝コンツェルンの次期総帥候補！

彼の正体を知って驚愕のあまり失神しかけた。

それでも気を確かに持つ。まだまだ分からないことだらけだ。ここで倒れるわけにはいかない。

「藤宮さんは、彼とはどんな関係なんですか？」

「それさあ、話すと長いんだよね。また今度にしない？」

「教えてくれないんですか⁉」

絶句した私を眺め、藤宮さんがクスリと笑う。

なんだ、からかわれただけか。藤宮さんってば……。

悪戯《いたずら》な笑みに冗談だと気づく。展開を引き延ばす連続ドラマでも『これはない』と思うだろうし、私は心から安堵した。

「奈緒ちゃん、落ち着いて話せる場所に移動しよう」

藤宮さんに誘われ、ふたりで天井高のホールを後にする。歩調を合わせて絨毯敷きの廊下を進み、ぽつぽつと語る彼の話に耳を傾けていった。

「僕は遼真君の学生時代の後輩でね。二年前から彼の秘書をしているんだ」

「そうだったんですね」

ここまでの流れで予想はついたが、藤宮さんの上司は彼だった。

話によれば、ふたりは海外の寄宿《きしゅく》学校で出会ったという。

そこは歴史ある名門校で生徒は上流階級の子女《しじょ》ばかり。卒業生には王族やハリウッドスターの二世までいるそうだ。

秀でたエリートを育成する名門校で、神崎さんは優れた成績を収《おさ》めた。藤宮さんと知り合った頃には帝王学を学び終え、大学は飛び級で卒業したらしい。

語学が堪能とは知っていたけど、そこまでの秀才とは思わなかった……。

続々と飛び出る新事実に、いよいよ私の頭はパンク寸前だ。

まだ驚きの事実があったりする？　藤宮さんはどこに向かっているの？

ふたりで廊下をひた歩き、これまでいくつもの部屋を通過した。迷いのない足取りから見るに、藤宮さんは目的を持って歩いていそうだ。

予期せぬ展開はこれ以上はありませんように。

心からそう願うと幾何学模様《きかがくもよう》のステンドグラスの壁と突き当たる。その隣が目的地らしく、藤宮さんが木彫りが素敵なドアを開いた。

「どうぞ入って」

通された部屋は絢爛豪華なホールと異なり、意外にも地味な内装だ。

壁紙はシンプルなオフホワイト。家具は木製のローテーブルと革張りソファの応接セットのみ。際立つのは窓際のグランドピアノだけだった。

「奈緒ちゃん。この部屋の感想をどうぞ」

「思ったより普通です」

「うーん、そう来たかあ」

藤宮さんの声色が残念そうで、私は慌てて言葉を紡《つむ》ぐ。

「違うんです！　地味って言いたかったわけじゃなくて、舞踏会みたいな場所だったらどうしようってドキドキしただけで……」

「そんな場所もあるよ。そっちにする？」

「とんでもないです！　ぜひ、ここで!!」

この部屋に来るまで彼方此方《あちこち》で調度品達を見かけた。その都度、『貧乏臭い奴が来た！　シッシ!!』と嫌味を吐かれた気分になった。だから、庶民を絵に描いた私にはこの部屋が妙に落ち着く。

とはいえ玄関ホールより見劣りがするだけで、私の実家と比べたら充分立派だ。品格に満ちたグランドピアノも臆《おく》するほどの高値に違いない。

「素敵なピアノですね」

「遼真君のピアノだよ。ちなみに腕はプロ級」

「お、お上手なんですね」

特技がピアノと知っていたものの、そこまでのレベルとは驚きだ。

「遼真君のお父さんも有名ヴァイオリニストに引けを取らない名手なんだ。神崎の系《けい》譜《ふ》は古くて、外国からの客人を音楽でもてなしたそうだよ。その習わしが現代まで続いているんだ」

藤宮さんの話に感心せずにはいられない。

プロレベルまで極めるとかすごい。でも、名家の総帥って大変そうだな。

彼は実に真面目な性格だ。一族のルールに従い、寝る間を惜しんで努力する姿を想像する。勝手な妄想でも少なからず当たりな気がした。

「もてなしの心は大切ですけど、無理して欲しくはないです」

「遼真君って加減を知らないからね。昔は無茶してたみたいだけど、僕が秘書になってからは、倒れるほどの練習は禁止にしてるよ」

「それを聞いて安心しました」

さすが一流企業の社長秘書だ。危機管理に長《た》けている。藤宮さんがそばにいれば、彼も無理をしないだろう。

安堵したその時、部屋のドアが突如《とつじょ》開く。廊下から現れたのは村雨さん……、いや神崎さんだ。彼は立ち話をする私達を眺め、不満げに口を尖らす。

「ここにいたのか。随分探したぞ」

「ごめん。奈緒ちゃんはこの部屋がいいかなって思ってさ」

「私もここがいいです！」

豪華絢爛な部屋だと落ち着かないしね。

私が藤宮さんの話に乗ると、神崎さんはそれ以上告げずにソファに座った。

私も座った方がいいかな？

藤宮さんを見やると頷きを返される。テーブルを挟む形で彼等と向き合い、私もソファに腰を下ろした。私が膝に手を添えるなり、神崎さんが口を開く。

「理人、どこまで話した？」

「帝コンツェルンと神崎の歴史を少しだけ。例の件も僕から話す？」

「頼む」

神崎さんが頷いた途端、藤宮さんはやや腰を浮かせた。そして流れるような仕草で居ずまいを正し、畏《かしこ》まった笑みを顔に張りつける。

「高瀬様。本日はご足労いただきまして誠にありがとうございます」

「こ、こちらこそ」

これまでとは打って変わり藤宮さんはビジネスモードだ。言葉遣《づか》いまでガラッと変わり緊張する。膝の上でギュッと拳を作り、彼の話に耳を傾けた。

「お母様から車の盗難の件を伺いました。屋台村での営業が出来なくなり、さぞお困りでしょう」

お母さんったら勝手に話さないでよね……。

神崎さんに伝えなかったのは、心配をかけたくなかったからだ。

それなのに藤宮さんの顔まで暗くさせ、申し訳ない思いに駆られる。そこで突飛《とっぴ》な提案を彼が投げつけてきた。

「本日お招きしたのは、神崎が高瀬様のお力になりたいと考えたからです。帝コンツエルンで車を用意しますので、盗難事件が解決するまでお使いになってください。レンタル代はもちろん無償で……」

「そんなわけにはいきません！」

不躾を承知で私は声色をきつくする。同情されても施《ほどこ》しはいらない。それも無償だとか、とんでもない話だ。

大丈夫。警察が探しているんだし、車は戻って来る。

盗難に遭って以来、心にそう諭《さと》した。でも、必ず戻る保証はない。

暗闇を当て所なく歩くような不安に襲われた時、「奈緒」と不意に呼ばれる。

静寂を破ったのは神崎さんだ。滑らかで耳触りのいい声に、鼓動が速まっていった。

「俺は高瀬家に借りがある。遠慮しなくていい」

「借りって、どういうことですか？」

そんな話は初耳だ。即座に尋ねるも彼は瞳を揺らすだけ。返答に窮《きゅう》したように、彼の視線は私から外れた。

ひょっとして借りがあるから、優しくしてくれたの？

心の声を口にしたら彼はなんて答えるだろう。

もし肯定されても騙されたとは思わない。ただただ残念なだけ。彼の優しさは純粋なものと信じていたから。

心がみるみる内に沈んでいき、それを悟られまいと私は声を張る。

「施しはいただけません。事情があるのなら尚更、今後は誕生日にも贈り物は結構です」

「奈緒ちゃん、それは違う！」

確たる意志で拒絶すると藤宮さんが反論した。若干前のめりになった彼を『何も語るな』とばかりに神崎さんは目で制する。

瞳は唇より饒舌《じょうぜつ》に物語る。きつい眼差しを受け、藤宮さんは嘆息《たんそく》をついた。

「ハイハイ、分かりましたよ。ご主人様！」

「お前、素に戻ってるぞ」

「いいでしょ、交渉は失敗なんだしさ。秘書モードは解除しまーす」

藤宮さんは畏まった態度を崩して表情を和らげた。

ふたりのやり取りから察するに、藤宮さんはすべての事情を知っていそうだ。

何も知らないのは私だけか、なんだか仲間外れにされたみたい。

揃いも揃って隠し事をされては、子供じみた考えにもなる。

そんな胸中を見透かされたのか、神崎さんがちらりと私を見やった。

「奈緒。無駄足をさせた詫《わ》びにもならないが、夕飯を食べていかないか？」

「遼真君、すごくいいアイディアだね！　せっかくだし場所も変えようよ‼」

私の返事を待たずに藤宮さんは声を弾ませる。そして即座に立ち上がった彼に手を引かれるまま、廊下まで連れ出されてしまった。

藤宮さんって意外と強引……。けどまあ、食事はご馳走になろうかな。ようやく会えたのに、神崎さんとほとんど話せてないし。

彼が素性を明かしたのは、盗難に遭った私を助ける為だろう。身元を隠したままでは力になれないと、不本意ながらも私の前に現れた気がする。

どんな理由があるにせよ、氏名に加えて自宅まで判明した。

彼が告げた『借り』がなんなのか。まだまだ謎はあるものの、今日が無理ならこの屋敷に通い詰めてでも、絶対に明らかにしてみせる。

子供みたいに拗《す》ねてたって仕方ないしね！

私は気を取り直して藤宮さんに申し出た。

「分かりました。食事は有難くご馳走になります」

「やった、そうこなくっちゃね！」

藤宮さんは無邪気に喜び、私の手を開放した。そして彼はスーツの内ポケットから古びた鍵を取り出す。若干錆びついた黄銅《おうどう》の鍵を見て、神崎さんが息を呑んだ。

「おい、それは……」

「別館の鍵だよ」

「見れば分かる。なぜお前が持っているんだ？」

神崎さん、なんだか慌ててる？

これまで冷静だった彼が明らかに目の色を変えた。けれど動揺を押し隠せない彼とは裏腹に、藤宮さんは飄々《ひょうひょう》としたものだ。

「雅《みやび》さんに借りたんだよ」

「雅が？　お前に？」

雅さんって誰？　……私が知るわけないか。

私が思う間も、彼は疑わしい眼差しを藤宮さんに向けたまま。ほどなくして、降参とばかりに藤宮さんが肩を竦めた。

「なーんて嘘。雅さん、休暇中だしさ。キーボックスから拝借《はいしゃく》したんだ」

「学生時代とちっとも変わらないな、お前は」

神崎さんが呆れた風に零すも藤宮さんは平然と笑うだけ。

したり顔の彼もまたエリート校に籍を置けるくらいだし、良家の子息に違いない。

でも、悪戯好きで先生を困らせる存在だったのかもと思う。

同じクラスに藤宮さんがいたら、すごく楽しい学生生活を送れそうだなあ。

勝手な想像をしながら、藤宮さんの案内で屋敷の外に出る。それから厳《おごそ》かに佇む洋館の裏手に向かい、今度は瓦屋根《かわらやね》の純和風家屋と出会った。

家屋は日本の伝統的な平屋造りだ。四方を取り囲む庭園には、鯉《こい》が生き生きと泳ぐ池の他に鹿威《ししおど》しと石灯籠《いしどうろう》がある。

暗くて分からなかったけど、離れがあったのね。こっちも風情があって素敵だな。

実家と同じ和風造りだからか、こちらの家屋には親しみやすさを覚える。

勝手を知る藤宮さんを先頭にして、私達は立派な座敷に足を運んだ。

「奈緒ちゃん。どうぞ、くつろいでね」

「ありがとうございます」

広々とした室内には、床《とこ》の間《ま》に翡翠《ひすい》色の壺が飾られている。

床の間の隣には押し入れがあり、そこから藤宮さんが三人分の座布団を出した。

私はそのひとつに腰を下ろし、三人で輪を作るように膝をつく。

「奈緒ちゃん、遼真君ってめちゃめちゃ酒豪《しゅごう》だよ」

「お酒なら私も強いですよ」

酒豪と聞いては黙っていられない。負けず嫌いな血を沸々と滾《たぎ》らせたら、神崎さんも勝気《かちき》に口角を上げる。

「奈緒。俺と勝負するか？」

「望むところです」

「僕は雑用と審査員をしまーす」

睨み合う私達を余所に、藤宮さんは食事と酒の手配をしはじめる。

すでに用意があったのか、それほど待たずに彩り豪華な和食御膳《ごぜん》とアルコールの類《たぐい》が運ばれてきた。

そうして思わぬ形での酒豪勝負が幕を開ける。

息巻いた通り、私はそこそこ飲める方。でも、いつもより酔いが早くまわった。片や、神崎さんは二時間が経過しても平然とした表情だ。

神崎さんって本当に酒豪なんだ。私も強いはずなのに、なんだか……駄目だ。

念願だった彼との対面は驚きの連続だった。

身も心も疲れていたのか、窓からの風が心地よい眠りへと私を誘う。やがて意識は徐々に遠のき、夢の世界へと落ちていった。

そこは陽だまりのように明るいところ。

桜柄のワンピースを着た幼女《ようじょ》がいる。彼女は私だ。その服は一番のお気に入りで成長して着られなくなった後、母がハンカチに作り直した記憶があった。

ピアノの音色《ねいろ》がやけに心地よく、幼い私はソファでうとうとしている。

やがて眠りから覚めると辺りは真っ暗だ。誰かの声が聞こえた。


『……っ、……君』


誰かいるの？

心で誰何《すいか》するも返事はない。暗闇から何者かが私を凝視《ぎょうし》する。

そこにいるのは、誰？

問いかけるも影は答えない。

現実離れした世界はそこで終わった。


瞼《まぶた》に眩い光を感じて私は薄らと目を開けた。

あれ、模様替えなんてしたっけ？

ぼんやりとした視界に映るのは趣《おもむき》深い木目天井だ。

覚えのない木目柄を見つめつつ右手に違和感を覚える。掴んでいるような握られているような不思議な感触だ。

妙だなと首を傾げて手元を見た途端、私は悲鳴を上げかけた。

か、神崎さん⁉

美しい寝顔が間近にあって私は目を瞬かす。

おかしな夢の続きだろうかと戸惑った。でも、指先から伝わる温かな感触が現実だと知らしめる。夢でも幻でもない。彼は濃紺の浴衣を纏った姿で、私の手を握って寝息を立てていた。更なる驚きは、私達がひとつの布団に寝そべっていることだ。

どど、どうして彼と私が――⁉

これではまるで結婚を誓った恋人同士だ。

私の心臓が騒ぎ出すと、彼が瞼を持ち上げて目覚めた。

「起きたか」

彼は短く告げ、空いた手で前髪を鬱陶《うっとう》しそうに掻《か》き上げる。

その姿は浴衣をはだけさせて色気がダダ漏れだ。とてもじゃないが直視出来ずに目を逸らした。けれど男らしい胸板がうっかり目に入る。

すごく冷静だけど、気まずくて仕方がないのは私だけ？

彼とは同じ布団で目覚めた。おまけに寝起きのセクシーな姿まで見た。

それなのに彼はちっとも動じない。対応に困る私の背中を優しく擦りはじめた。その仕草は身体を重ねた恋人を労《いた》わるよう。

な、なんでこんな真似をするの⁉

息遣いを感じるほどの距離から、彼が伏し目がちに私を見つめる。

気遣うような眼差し、鼻腔《びこう》をくすぐる男性特有の芳香《ほうこう》。

これほど異性と接近した経験はない。私の心臓は一段と落ち着きを失ってしまう。

鼓動の煩《うるさ》さにどうか気づかないで欲しい。

そう願うほどにドキドキと鼓動は波打つように激しさを増していく。

服越しにそっと触られて無駄に緊張する。背中を行き来する指が妙に熱い。微かな息遣いを頬に受けて顔を逸《そ》らした。すると私の耳元に囁きが落ちてくる。

「平気か？」

「無理……です」

ただでさえ心臓が壊れる寸前だ。それなのに至近距離で顔を覗かれた。

私達の距離はあまりにも近い。堪らず目を閉じたら額に何かがぶつかる。

「熱はないな」

安堵する気配を感じ、私はそっと目を開く。どうやら額を合わせていたらしい。

私の具合を心配してくれた？　だとしても、こんな風にされたらドキドキしちゃう。
ふたりの額が離れても尚、私の心臓は忙しない。そんな胸中を知らない彼が、また
しても顔を寄せてきた。
「随分とうなされていたな。怖い夢でも見たのか？」
「少しだけ怖かったですけど、楽しさもある不思議な夢でした」
「そうか。楽しめたなら、よかった」
うなされていたから手を握ってくれていたの？
メッセージのやり取りだけでも、彼は心優しい人だと感じた。私の想像以上かもし
れないと思ったら、陽だまりに包まれたように胸が温まる。
そういえばここって……。
ふと辺りを見渡し、ここが床座様式の和室だと分かった。
廊下との境にはしだれ桜を描いた襖《ふすま》がある。窓の内障子《しょうじ》を通して春の日差しが部
屋全体に柔らかな光を与えていた。
ここは自然に恵まれた鎌倉《かまくら》の奥地、神崎さんの自宅だ。
そっか、昨日はこの部屋で酒豪対決をしたんだっけ。
思わぬ形で対決を挑み、見事に撃沈した記憶がまざまざと蘇る。今更ながら自分の

姿を確認すれば昨夜と同じ着衣だ。

どうやらここに泊まったらしい。私は布団から身体を起こし、手櫛で髪を整えながら言う。

「私ってば、酔い潰れて寝ちゃったんですね」

「ああ、勝負は俺の勝ちだ」

神崎さんは布団に肘をつき、寝そべった体勢で口角を上げた。余裕綽々《よゆうしゃくしゃく》なその笑みはニヤリと効果音までつきそうで、私はぐうの音も出ない。

く、悔しい！

「どれだけ強いかと思ったら話にならん。理人よりマシな程度だ。もっと精進しろ」

容赦のないセリフが私の胸をグサッと一突きにする。

料理の採点でも思ったけど、神崎さんって時々厳しい……って言うより、ちょっと意地悪？　もし、次があったら絶対に負けないんだから！

私は意を決し、そこで気づいた。この部屋には神崎さんと私のふたりだけ。酒豪対決の審査員、藤宮さんの姿が見当たらない。

「あの、藤宮さんはどちらでしょう？」

「いつの間にやら姿を消したな。家に帰ったんだろう」

「ちゃんと帰れたんでしょうか、心配ですね」

藤宮さんは酒にめっぽう弱い。昨夜はワインを一杯飲んだだけで、おえっと顔を歪めていた。

無事に帰宅出来ていればいいけど、道端で酔い潰れてたりしない？

彼の身を案じた矢先、私の腹がキュルッと悲鳴を上げる。空腹を知らせる腹の虫だ。

ただただ恥ずかしくて、更なる音が漏れないように腹に力を込めた。

いまの音、神崎さんに聞こえちゃった？

恐々と視線を横に流すと、彼は浴衣の前を合わせながらククッと笑う。

「他人より自分の腹を心配したらどうだ？」

「こ、これは自然現象です！　お腹が空いたら誰だって……」

「俺は鳴らない」

きっぱり否定され、なんだか癪《しゃく》だ。私はムキになって言い返す。

「鳴ります！」

「頑固《がんこ》だな」

「いつか、私が神崎さんの腹を鳴かせてみせます！」

鳴かぬなら、鳴かせてみせよう腹の虫！

ロボットじゃあるまいし、どれだけ完璧でも腹くらいは鳴るはず。

勢いづいて立ち上がると、神崎さんも私に続く。なぜか彼は眼光を鋭くした厳しい表情だ。

「どうかしました?」

私が尋ねるも返事はない。彼はじっと襖を睨《ね》めつけ、大股で部屋を直進する。

その歩みは廊下との境、襖の前でピタリと止まった。刹那《せつな》、彼は一思いに襖を開け放つ。

えっ……、誰?

陽光が降り注ぐ板張りの廊下には、きちんと正座した女性がいた。

肌は雪のように白く、和装に合わせて盛りつけた髪は艶やかな漆色《うるし》。春らしい鶸色《ひわ》の着物は裾《すそ》に小花を配らせ、控えめで美しい彼女によく似合っている。

「雅か。いつ休暇から戻った?」

彼が告げた名は聞き覚えがある。昨晩、藤宮さんと神崎さんの会話に登場した記憶があった。

すごく綺麗な人……彼女が雅さんなのね。

私は忍び足でふたりのそばに歩み寄る。そんな真似をしたのは自分が邪魔者みたいに思えたからだ。

彼女は神崎さんと同年代か若干年上だろう。美麗なふたりはお似合いで、長年連れ添った夫婦のよう。彼の双眸《そうぼう》に見下ろされ、彼女が紅を引いた唇を動かす。

「明け方に戻りました」

彼女は静かに答え、花が咲くようにたおやかに微笑む。袖に匂い袋でも入れているのか、彼女が控えめな芳香を漂わせて私を見やった。

「奈緒様。ご無沙汰しております」

「私を知っているんですか？」

「ええ。その昔、私の母は神崎家の総執事でした。幼い私も時折手伝いに来て、別館で暮らす高瀬家の皆様をお見かけしましたから」

その言葉は私の瞳に驚愕を宿らせた。彼女には私を騙す理由がないし、きっと事実だ。けれど、私にはまったく覚えがない。

「それって、どれくらい昔のことですか？」

ずっと幼い頃なら記憶にないのは当然だ。

思いがけない事実を知り、私は雅さんに口早に尋ねる。けれど、彼女は僅かに口角を上げるのみ。私は仕方なしに神崎さんを見やった。

そこで彼の歪《ゆが》んだ表情に気づく。思い悩む苦悶《くもん》の顔は動揺を押し隠そうにも見えた。

「雅、もう下がれ」

「承知しました」

彼に声音を低くされ、雅さんは恭《うやうや》しく頭を下げた。その姿を眺めながら実に釈然《しゃくぜん》としない。彼女の姿が廊下から消えた途端、私は思いを吐露《とろ》する。

「どうして彼女を遠ざけるんですか？」

「雅はこの家の総執事だ。仕事は山のようにある」

私が知りたいのは、そういうことじゃないのに……。

彼は恐ろしく頭の回転が速い。

私が相談を持ちかけると、冷静かつ的確なアドバイスをくれる。説明不足な話だって即座に理解するから、こんな風に話が噛み合わないなんてはじめてだ。

私は勘が鋭くない。でも、これだけ状況が揃えば嫌でも察する。

雅さんは〝私が知らない過去をすべて〟知っている。素性を隠した彼の胸の内も分かっているのかもしれない。

ようやく会えたのに隠し事ばかりって、やっぱりショックだな。

彼とのつき合いは七年にもなる。

ずっと彼の正体を知りたくて、昨晩その願いは叶った。けれども心は満たされない。

彼は何らかの借りがあって素性を隠したようだから……。

どうしてそこまで隠すの？　何を知っても嫌ったりしないのに。

彼とは信頼関係を築いたつもり。それなのに右腕の藤宮さんはともかく、屋敷の執事が知る事情を私にはひた隠しにする。その事実が私に深手《ふかで》を負わせた。

雨に打たれたように悲しい気持ちになると、彼が静かな声を放つ。

「雅が話した通りだ。昔、奈緒達親子はこの家で暮らしていた」

神崎さんはそれだけを告げ、再び沈黙を決めた。

正直なところ、彼にはもっと話をして欲しい。

でも、私はそれ以上の追及をやめた。彼の瞳は憂愁《ゆうしゅう》に満ち、庭園をそよがす風と共にその姿が消えそうに思えたから。

いつも、そんなに辛い顔をしていたの？

私が名前を聞くと、彼からの返信が決まって遅れた。

心臓がいつになく騒いで無理に笑う。そうでもしないと胸に宿った不安に平伏《へいふく》しそうだ。重い空気を一掃したくて声音を明るくする。

「私ってば、こーんな大豪邸にお世話になっていたんですね！　幼い頃の私って、どんな感じでしたか？」

「暇さえあれば俺の後をくっついていたな。昼寝をするのも嫌がるほどだ」

廊下から差し込む陽光を背に浴び、彼が懐かしげに目を細める。

答えやすい質問をして正解だった。彼の表情が和らいで、私は胸を撫で下ろす。それからぺこりと頭を垂れた。

「すみません、全然覚えてなくて」

「あの頃の奈緒はまだ四つ。無理もない話だ」

彼はそう言って微笑する。見つめ合う一瞬、漆黒の双眸に捉われた私は逃げるように顔を背けた。

涼しげな瞳、通った鼻筋、作りたての陶器のようにシミのない肌。

彼は人を超越《ちょうえつ》した美しさがある。そんな人に間近で直視され、私の鼓動は爆走した。

四歳か、その頃の記憶って確かにないなあ。覚えてなくて残念。

忘れた過去に何があったかは分からない。彼の態度から、よい出来事ではないのかもしれない。それなら素性を隠した彼の態度にだって説明がつく。

何があったにせよ、楽しい思い出だってあったんじゃないかな。

ふたりで四季《しき》折々《おりおり》の花を眺め、心穏やかに時を過ごす。美味しいご飯を味わって、他愛もない話で笑い合う。

当時の記憶がない私は、その都度胸に宿った感情を彼とは語れない。

それは宝の地図を失くしたようで、実に惜しい気がしたのだった。


神崎邸に招かれた数日後。私が外出先から帰宅すると、母が待ちわびた様子で声をかけてきた。

「奈緒に大事な話があるの。神崎遼真さんのことよ」

「それって……」

「すべてを話すわ」

母は私の声を遮り、踵を返して和室へ足を向ける。

神崎家を訪ねて以来、彼との関係はいっそう気になった。けれど、彼の辛そうな表情が頭を過って母には聞けずにいた。

彼との関係は誰もが口を閉ざした一件だ。それがついに明かされる。

母の面持ちは若干暗く見えた。それが懸念《けねん》要素で不安を胸に抱きつつも、母から遅れて和室へ向かう。そこで聞いた話は夢物語のようだった。

「実は、奈緒のお父さんは神崎邸の料理長だったの。奈緒がまだ四つの頃に、たった三ヶ月の間だったけど」

母は声音に懐かしみを込め、ぽつぽつと語りはじめた。

その昔、父は神崎家に仕える料理人だった。神崎さんの父親に招かれ、別館を家族の住まいに与えられていたらしい。

そして幼い私と両親は神崎邸で暮らしはじめた。けれど、穏やかな日々は長くは続かない。当主の息子――、すなわち神崎さんが未来の花嫁に私を選んだからだ。

衝撃の事実を知り、私は目を剥くほど驚愕する。二の句が継げない私に構わずに母の話は続いた。

「神崎は数百年も続く名家でね。その血を絶やさない為に、本家の次期当主は十歳で許嫁を決めて、三十歳までに籍を入れる〝婚儀《こんぎ》のしきたり〟があるの。遼真さんの十歳の誕生日にも、許嫁候補のお嬢様達が神崎邸に集まったわ。でも遼真さんは奈緒を選んだ……いいえ、あなたが彼と結婚するってダダをこねたのよ」

それまで深刻だった母はクスリと一笑《いっしょう》する。信じ難い話に唖然となるも、私は切れ切れに問いかけた。

「私からって……それ、本当？」

「ええ、一言一句《いちごんいっく》覚えているわ。『遼真君は私と結婚するの！』って。呼ばれもしない場に飛び出して許嫁候補の少女達を睨みつけたの。まだ四つなのに肝が据わっていたわあ」

母はどこか誇らしげだが、私は冷や汗を垂れ流す心地になる。

「無鉄砲なだけじゃない」

「そうね。奈緒が選ばれて泣き喚く子もいたし、『使用人の娘を選ぶのか⁉』って親達は怒鳴り散らすしで大変だったわ。でも、どれだけ責められても遼真さんは動じなかった。彼のご両親も承諾してくれたんだけど、この縁を快く思わない人がいたのよ」

母はそこで一段声色を沈めて、私の知らない事情を語る。

私が許嫁に選ばれた後日、神崎家の地元に酷いビラが巻き散らかされた。

『次期当主の許嫁は貧乏な使用人』

その中傷の他に、私への直接的な嫌がらせ行為もあったという。

それで彼は一族のルールに背く行動に出た。

『僕は誰とも結婚しません』

彼は親族が集まる場で宣言をし、私達家族は神崎邸を離れた。

私の安全を考えて『この家を離れてください』と、少年だった神崎さんが一番に進《しん》言《げん》したそうだ。

すべての謎が明かされたいま、私の胸に熱が込み上げる。

神崎さん、私を守ってくれたんだ……。

優しい彼のことだ。私の被害に胸を痛めただろう。一族のルールに巻き込んだと後悔もしたはず。だから彼は正体を隠して、遠くから見守ろうと考えた。

不意に彼とのやり取りが、まざまざと脳裏に蘇る。

誰かに愚痴りたくなった時、友達と喧嘩した時。

肉親である母に話し辛いことも彼には打ち明けた。

何度励まされたか分からない。彼はいつだって私の味方でいてくれた。

でも母と喧嘩した時や間違いを犯しそうな時は、私を厳しく叱《しっ》責《せき》した。

記憶のアルバムを捲ると、夜道に灯りがともったみたいに胸が温まる。抜け落ちた過去を合わせたら答えは優しさに満ちていた。それなのに私は……。

『俺は高瀬家に借りがある。遠慮しなくていい』

あの時、どうして彼の優しさを疑ったりしたんだろう。

激しい後悔に襲われた矢先、母の面《おも》持《も》ちの陰りに気づく。

「ねえ、お母さん。どうして突然話す気になったの？」

いくら尋ねても母は彼の正体を明かさなかった。

彼に口止めをされているらしく、『お母さんも教えてあげたいんだけど、話さない約束だから』と言葉を濁した。急に態度を改めたのは何か理由があるはずだ。

私はじっと母の目を見据える。やがて観念した風に母は口を開いた。

「実は、悪い噂を小耳に挟んだの。最近、神崎の地元で川魚が死ぬ被害があってね。『神崎の当主が婚儀のしきたりに背いた天災だ』って、住民達が騒いでいるって」

「天災？　そんなのあるわけないじゃない」

馬鹿馬鹿しい、どうして川魚の被害と天災を結びつけるの。

到底《とうてい》理解出来ずに呆れた口調になるが、母は首を横に振る。

「一度噂になると、あり得ない話でもお年寄りが大騒ぎをするのよ。あの辺りは戦国時代に戦《いくさ》があった場所だし、昔からおかしな迷信が多いから」

そこでテーブル越しの母の瞳はいっそう影を差す。

「遼真さんが社長をしてる『帝リゾート・鎌倉ホテル』が増築工事中なんだけど、『しきたりに従わないなら土地を汚すな』って住民の反対運動がはじまったそうよ。これ以上の騒ぎになるとマスコミも動きそうで、まずい状況らしいわ」

「そんなっ……」

闇雲《やみくも》に天災を信じるとか馬鹿馬鹿しい話だ。けれど神崎さんが窮地《きゅうち》に陥《おちい》ったのは事実。『彼の花嫁になりたい』と我儘《わがまま》を通した私のせいでもある気がした。

彼の立場を思うと胸が痛いほどに軋《きし》み出す。会社のトップなら矢面《やおもて》になる立場だ。

それほど辛い状況なのに、彼は何も語らなかった。

どうして……、ひとりで乗り切ろうとするの。

我が身を省みない優しさが嬉しい。それと同じくらい自分を思いやって欲しい。

どれだけ強くても、たったひとりでは頑張れない。知らずと誰かに支えられ、生きていると思うから。

父は私を心から愛した。母はいつだって私のそばにいる。

そして道に迷いそうな時は、神崎さんが正しい方へ導いてくれた。

神崎さんは無二《むに》の恩人だ。その彼の為に何が出来るだろう。

たったひとつ、私にしか出来ないことがある。

すべてが明かされたいま、私は覚悟を決める。

翌日、婚姻届を持参して彼に会いに行ったのだった。

第三章　心まで熱く抱かれて

四月の初旬、神崎邸の和風家屋に私はいた。

そこではいま華やかな着物が運び込まれている。女性従業員にてきぱきと指示を出すのは老舗呉服屋《しにせごふくや》の女将だ。

なんだか、大掛かりなことになってる……。

畳敷きの和室でゴクリと息を呑む私は、三日前からここで暮らしている。この家のしきたりに従って、神崎さんと婚約したからだ。

麗しき私の婚約者は、世界に名を馳せる企業グループの次期総帥。加えてグループ内のホテル事業『帝リゾート』の社長を任されている。

彼は生まれながらの御曹司で、私とは別世界の住人だ。

例えるなら戦国時代の領主と平民くらいの違いがあるだろう。それでも彼の苦しい立場を知ったら、居ても立っても居られなかった。

すべての事情を知った翌日、私は品川にビルを構える帝リゾートの本社に赴いた。

一階のロビーには警備員に詰め寄る老人達の姿があり、その中には『工事反対！』

のプラカードを持つ人までいた。

母に聞いた光景を目の当たりにし、それから私は社長室で直談判《じかだんぱん》をした。

『神崎さん、母からすべてを聞きました！　婚儀のしきたりに従って、……けっ、結婚しましょう!!』

オフィス街を眼下に望める社長室で一世一代のプロポーズだ。

耳まで真っ赤にした強硬《きょうこう》手段に、いち早く反応したのは藤宮さんだった。

『ロマンチックな手土産だなあ。遼真君、どうするの？』

冗談めかす秘書とは裏腹に、神崎さんは長らく押し黙った。そして覚悟を決めた眼差しで思いを述べた。

『原因不明の川魚の被害は確かにあるが、根拠のない迷信は受け入れ難い。だが、これ以上の騒ぎになるとマスコミも抑えきれない。業務の支障を考え、奈緒の手土産は頂戴しよう。もちろん、一時的に預かるだけだが』

『どういう意味ですか？』

プロポーズを手土産に例えたのは分かった。でも、一時的に預かるとはどういうことだろう。

意図が読めずに首を捻ると、彼が品川の眺望を背にしながら微笑した。そして、

『周囲を欺く為の偽装婚約だ』と不敵に告げて私に手を差し出したのだった。

かくして私達は婚約を結んだ。

その噂は瞬く間に知れ渡り、正式な場で婚約を発表する羽目《はめ》になった。

神崎家は数百年も続く旧財閥の名門だ。

加えて彼の父は巨大企業グループ『帝コンツェルン』の現総帥。その長子で次期総帥候補の彼が婚約したなら、大々的な発表は必要不可欠だろう。だとしても……。

私は正座した足をやや崩し、傍らの神崎さんに耳打ちをする。

「本当に婚約を発表するんですか？」

「ただ婚約をしたと言って誰が信じる？」

「それはそうですけど……」

来月、帝リゾートは創業百年の記念式典を執り行う。

ゲストを招くパーティーで私達は婚約を発表する算段だ。わざわざ呉服屋を呼びつけたのは、式典での私の衣裳を選ぶ為だった。

お金もすごくかかっちゃうし、偽装婚約って思ったよりも大変みたい。

偽りとはいえ、すごい相手と婚約したと尻込みしてしまう。

この偽装婚約は一時的だ。工事の反対運動を止める為に、婚前同居まではじめたが、時が来れば私はこの家を離れる。すべては天災を騒ぎ立てる住民への目くらましの為だから。

それにしても大勢を騙すのって緊張する！　神崎さんは平気そうだけど。

彼は非の打ちどころがない素敵な男性だ。旧家の御曹司で見た目も麗しい。

そんな完璧な彼の婚約者が、平平凡凡《へいへいぼんぼん》たる私だ。

当然釣り合わないし、偽装婚約がバレないかとハラハラするばかり。けれど気を揉む私と違い、彼は至極冷静でいる。

思えば同棲初日から、彼は見事な演技力を発揮していた……。

『子孫繁栄の為に毎晩手加減なしだ。いいな』

あの時はびっくりしたなあ。何を言い出すのかと思ったし！

あの日、後でこっそり彼から狙いを教わった。大胆な発言は、あの場にいたメイド達にわざと聞かせたそうだ。

この家に代々続くしきたりは〝次期当主は十歳で許嫁を選び、三十歳迄に結婚するべし〟だ。

神崎さんはすでに三十歳を迎え、そのルールに背いた。しかし考えを改め、『子孫繁栄の為に夜の営みに精進する』とやる気を演じたわけだった。

ここ数日ですっかり世界が変わっちゃったなあ。

恋人すらいない私が名家の御曹司の婚約者だ。まるで現代版のシンデレラストーリーにも思えてきた。自虐的に考える間にも、漆色の衣紋掛《えもんか》けが運び込まれる。

その様子をぼんやりと眺めつつ、昨晩聞いた神崎さんの話を思い出した。

藤宮さんに川魚の調査を命じたって言ってた。一日でも早く、天災じゃない証拠が見つかればいいけど……。

さすがは大企業のトップだ。私は彼の話を聞くまで、『工事が終われば住民達も諦めるだろう』と安易に考えていた。それは完全解決とは言い難い。

たとえ工事が終わっても、住民達は別の手段に出るかもしれない。川魚の被害が天災でないと証拠が揃うまで、しきたりに背く神崎さんを責め立てる可能性がある。

それにしても豪華な着物ね。たった一日の為に勿体ないな。

立派な式典に普段着では出席出来ない。だとしても、隣室へと移動する着物は、試着するのも躊躇《ためら》うほどの風格だ。

私が気後れすると、その傍らで神崎さんが腰を浮かせた。そして貴公子さながらに、彼は手を差し伸べる。

「さあ、奈緒」

柔らかい微笑まで貫い、恋愛経験がゼロな私はどぎまぎするばかり。

拒否したら不自然だよね。でも、こんなのドキドキしちゃう……。

名家の出自のみならず、彼は人を惹きつけてやまない魅力がある。

クールな鉄仮面を外した微笑は破壊力が抜群だ。漆黒の双眸に捉われると、演技だと自覚があっても心が攫われそう。

私は偽者の婚約者なんだし、勘違いしたら駄目。

何気なく視線を泳がせてから、しなやかな彼の手を取る。紳士的なエスコートで立ち上がると控えめな香の匂いが鼻についた。

視線を横に流せば、いつの間にやら雅さんの姿がある。

「雅、試着を頼む」

「承知しました。奈緒様、どうぞこちらへ」

上品に微笑む彼女の指示に従い、連れ立って隣の客間に移動した。そこには伝統美を備えた立派な着物の用意がある。

母が和装好きだから着物には少々詳しい。絵柄は手描き友禅《ゆうぜん》だろう。

刺繍《ししゅう》と金彩が織《お》りなされた優美な生地は、黄色みがかったオフホワイト。舞い上がる可憐な小花と新緑の緑がこの季節にぴったりだ。

「素敵な着物ですね」

「呉服屋をいくつかまわり、遼真様がお選びになったのです」

「えっ……」

呉服屋の女将が選んだんじゃなかったの？

彼は非常に多忙だ。家に仕事を持ち帰るのは珍しくない。ゆっくり食事を摂《と》れないこともあるし、スケジュールは分刻みだと藤宮さんから聞いていた。

それほど忙しい彼が着物を見繕《みつくろ》ってくれた。その事実に心臓が締めつけられる。抑えようのないくらいドキドキと胸が高鳴ると、背後の彼女が微かに笑った。

「花嫁に着物を贈るのはこの家の習わしですから」

なんだ、一族のルールに従っただけなのね。

うっかり特別な意味だと勘違いをしそうになった。

一体何様と我に返る私に雅さんが化粧を施した。更に彼女は手慣れた様子で私の髪を結って着つけまで担う。あれよあれよと変身を遂げると、ふたりきりの座敷に声が落ちた。

「奈緒様によくお似合いですわ」

「痛っ――」

不意に帯をきつく締められ、私は短い悲鳴を上げる。

私が顔を顰《しか》めても『これくらい我慢してください』とばかりに、雅さんは自分の手を緩める気は微塵もないようだ。

く、苦しい。着物ってこんなに大変だっけ⁉

つい疑心に駆られるも、綺麗になるには代償も必要だろうと納得するしかない。

そうして我慢の時を過ごして着つけを終えると、雅さんが襖を開いた。

「奈緒様のお着替えが終わりました」

ああ、どうか馬子《まご》にも衣裳とか言われませんように！

たとえ事実でも手厳しい言葉だと、それなりのダメージがある。

着慣れない格好も照れくさくて彼を避けるように俯いた、まさにその時。

「美しい……」

広さ三十畳の室内に呟きが漏れる。

感嘆を含ませたその声を幻聴《げんちょう》だと疑った。けれど、怖々と顔を上げると麗しい微笑を湛えた彼と視線がぶつかる。その反応は予想外で私の胸をときめかせた。

美しいって本当に？　嘘、そんなに褒めてくれるなんて……。

手放しの賛辞に頭から湯気が立ち昇りそう。彼の一挙一動《いっきょいちどう》に動揺を押し隠せない。

どうしようもなく鼓動が速まると、ゆっくりと私を見てまわった彼が満足げに零す。

「俺の見立てに間違いはないな」

瞬間、私は雷に打たれたように閃《ひらめ》いた。

私が美しいわけじゃなく、俺のセンス最高ってこと？

褒め称えられたわけじゃない。私は心底がっかりする。

妙な勘違いは彼の瞳のせい。眼差しに熱っぽさを感じて読み違えてしまった。

確かに素敵な着物だけど、少しは私について語ってくれてもいいのに……。

心をかき乱されて恨めしく思うと、彼がじっと私の顔を覗き込む。

「どうした？　不満があるなら言ってみろ」

正直なところ愚痴を零したい気分だ。少し前なら、迷わず村雨さんと連絡を取っていた。でも、いまの彼は不満の種である当人だ。本音を明かせるわけがない。

「なんでもないです。慣れないので着替えてもいいですか？」

「ああ」

自惚れたら駄目、私達は偽りの関係なんだから！

自分を強く戒めてから私は踵を返す。けれど彼から遠ざかっても尚、魅惑的なあの瞳が瞼の裏に焼きついていた。

その夜、私は窓を叩く雨音を聞いて神崎邸の本館で夕食を摂った。食べきれないほどの豪華なディナーを終えた後は、別館の和風家屋へ向かう。食事は本館でいただくが、私の自室は別館にあるからだ。

偽装の許嫁になった初日、『どこでも好きに使っていい』と神崎さんに言われ、『家族で暮らしていた部屋がいいです』と私は希望を出した。

そして別館の一室に案内された。日本庭園を望める部屋は、神崎さんと酒豪対決をした場所だった。

いま思うと、あの日の神崎さんの慌てようが分かるなあ。

車の盗難に遭った私を助けたい一心で、彼はこの屋敷に招いた。素性を明かさないと『車の無償レンタル』を私が受け入れないと考えたからだろう。

彼には年に一度の贈り物を貰っているし、これ以上は甘えられない。

そんな気持ちもあったし、私は有難い申し出を断った。

彼は私の性格を知り尽くしているし、そこまでは想定内。でも、悪戯好きの部下の行動までは読めなかった。

そうそう。藤宮さんが別館の鍵をちらつかせたら、すごく慌てていたっけ。

『おい、それは……』

動揺する彼の姿を思い出し、クスッと笑ってしまう。

あのふたりは長いつき合いだ。藤宮さんは私がここで暮らした過去を知っているのだろう。それで、悪戯心から思い出深い場所に私を誘った気がする。

最初に行ったピアノの部屋にも、何か思い出があるのかな？

ふと気になったものの、私は首を振って考えるのをやめた。

もし、そうだとしても忘れたままの方がいいかもしれない。

その昔、私が嫌がらせの被害に遭って高瀬家はこの屋敷を離れた。

それがどれほどの被害なのかは分からない。誰にも聞いていない。

事情を知る誰もが口を噤んだ出来事だし、私が知ることで神崎さんが胸を痛めると思ったから。

神崎さんが苦しむくらいなら、このまま何も知らなくたっていい。

そんなことを考えながら和風家屋の玄関を上がる。板張りの廊下を進み、畳敷きの自室に戻ると、すでに寝床の用意が済ませてあった。

今日の浴衣はピンクか。本当に毎日違う浴衣を楽しめるのね。

部屋に入るなり桜柄の浴衣が目に留まる。枕元のそばに用意された寝巻用の浴衣は、贅沢にも数十種類の用意があるらしい。本日の浴衣は春らしい色合いで裾には桜が描かれていた。

「雨で冷えちゃったし、有難く着てみようっと」

本館から向かう最中《さなか》、横殴りの雨に服が少しだけ濡れた。早速服を脱いで浴衣を羽織った、その時。

ドドーンッと凄まじい雷鳴が轟《とどろ》く。漆黒の空に光が放たれ、途端に部屋の明かりが消え失せた。近くで落雷があったのか、窓越しに見えた本館まで光を失ったようだ。

怖い……どうしよう。どうしよう、誰かっ……。

私は極度の怖がりで、就寝時《しゅうしんじ》も僅かな灯りがないと駄目だ。

胸の前で腕を交差し、小刻みに震える身体を支える。

何とか正気を保とうとするも、次第に血の気が失せていった刹那。

「奈緒！」

ガラッと襖が開く音と共に、何者かに正面から抱き留められる。

耳を掠めた息遣いが私の意識を呼び止めた。余裕のない声は実に聞き覚えがある。

「神崎……さん？」

「ああ。もう大丈夫だ」

途切れがちに声を漏らすと明瞭《めいりょう》な答えを貰う。

倒れそうな私の身体を逞しい腕が支えた。急いで駆けつけたのか、彼の胸板から伝わる鼓動が尋常じゃない。優しさに感謝しつつ、はたと気づいた。

そういえば私、帯を締めてないんだった！

いまの私は下着の上から浴衣を羽織った、あられもない格好だ。

帯は締めずに前はガラ開きで、心臓がドクドクと騒ぎはじめる。

暗がりでよく見えないものの、神崎さんも浴衣姿らしい。薄い生地越しから肌の熱が伝わり、私の頬は紅潮するというのに……。

「奈緒、俺がいるから安心しろ」

優しげに囁かれたら心拍数が更に上がる。その間も雷はけたたましく鳴り続け、全身が羞恥《しゅうち》に蝕《むしば》まれても彼に抱きつくしかなかった。

いくら雷が怖くたって、これ以上はっ……。

私達は事情があって婚約しただけ。心を通わせた恋人同士じゃない。その自覚はちゃんとあるから、紅潮した顔を左右に振る。

『もう大丈夫です』

口にしなくても、神崎さんなら分かってくれる。

淡い期待を込めて彼を見た。けれども訴えは届かない。しっかりと背中に抱かれたまま、傍らの布団に身体を横たえられる。

神崎さん、どうしてっ……。

私は戸惑いを隠せず、上から組み敷く彼を見つめた。

視線が交わる刹那、彼が仰向《あおむ》けになった私の肌にそっと触れる。骨ばった指先が僅かに内腿を掠め、ゾクッと背筋が粟立《あわだ》つ。それ以上奥を探られたら、どうにかなってしまいそう。

激しい羞恥心に駆られ、必死に身体をよじろうとする。でも無駄だ。彼は横を向いた私を強引に仰向けに戻し、耳朶《じだ》に吐息を吹きかけた。

「奈緒。俺に委ねてくれ、悪いようにはしない……」

「えっ……あ……」

読めない真意を確かめようとした。けれど、固い指の腹が私の双丘《そうきゅう》を僅かに掠める。

下着越しでもその刺激に反応してしまう。

私ってこんなに淫らだったのっ……。

勝手に熱を帯びる身体が憎い。煩い鼓動も恨めしくて仕方がない。

彼の眼差しを受けて、いつか聞いた言葉が私の耳に木魂した。

『子孫繁栄の為に毎晩手加減なしだ。いいな』

神崎さん、まさか本気で？

戸惑いは最高潮に達し、私は唇を噛み締めた。すると、彼が指で私の口を強引に押し開ける。

「ふっ……ぅん」

不意打ちの刺激に艶めかしい声が漏れてしまう。

どうしよう、いまの声……絶対に神崎さんにも聞こえた。

恥ずかしくて堪らない。私が涙ぐみそうになると、彼の瞳に切なさが滲む。

「自分を傷つけては駄目だ」

神崎さんは声を絞り、静かに懇願した。

私は何かを堪える時、つい唇を噛み締める。幼い頃は知らずと出血して両親を困らせていた。彼はこの癖を知っているのかもしれない。

私の推測は当たっていそうだ。漆黒の双眸が雄弁《ゆうべん》にそう語る。彼の思いが透けて見え、トクンッと胸が震えた。

神崎さん、どうしてこんなに優しくしてくれるの……？

家族でない他人に、ここまで大事にされた記憶はない。

木漏れ日を浴びたように胸が温まり、そこで浴衣の前が閉じているのに気づいた。

ああ、また勘違いをしちゃったのね。

彼ははだけた浴衣を整えただけ。いまも畳敷きから濃紺の帯を拾い上げ、私の腰をいい塩梅《あんばい》に締め上げる。

「あ、ありがとうございます」

てっきり邪《よこしま》な真似をされるかと思った。彼を疑い、バツが悪くて仕方がない。

私はおずおずと礼を告げながら身を起こす。その時、いっそうけたたましい雷鳴が外で響いた。でも恐怖に慄く前に逞しい腕が私の背中を包み込む。離れまいと強く。

「安心しろ。二度と俺はっ……」

糸のように細い声は雷鳴に呑まれていく。身体を震わせながら私は、随分と長い時を彼の腕の中で過ごした。


翌朝、小鳥のさえずりに似たアラーム音で私は目覚めた。

障子戸から差し込む陽光は明るく、外は昨夜の嵐が幻だったような快晴だ。

「んー、もう朝かあ」

なんだか寝つけず、うつらうつらしていたら朝になった。

家から持参した目覚まし時計の針は六時を指している。一時間後には朝食だ。本館のダイニングルームで神崎さんとふたりきりで……。

突如、昨夜の抱擁《ほうよう》が脳裏で再現される。ビデオカメラのスイッチを入れたかのごとく、彼の表情まで鮮明に蘇った。

ああっ、どんな顔をして会えばいいの！

神崎さんと抱き合ったのは、これで二度目だ。

一度目は私が夢にうなされて、二度目の昨夜は雷に怯える私に寄り添う為に。

どちらも不埒な考えからじゃない。重々承知でも、きつく抱かれた温もりが肌に残っている気がした。

「意識したら失礼だよね」

神崎さんは仕事で海外を飛びまわる。

世界にはキスを挨拶にする国もある。彼にとっては女性と抱き合うくらい、どうってことないのだろう。

昨夜から悶々と考えていたが、ようやく答えが出た。

変に意識するのは失礼だ。私は寝具を片づけて、動きやすいジーンズとトレーナーに着替える。それから洗面所で慣れたヘアメイクを施した。

そうして身支度を整えると、板張りの廊下で神崎さんと鉢合《はち》わせる。思わぬ登場に、私の心臓は服を突き破りそうなほど跳ねた。

「と、突然出てこないでください！」

「出るぞ、とわざわざ予告する奴がいるか」

「そういうことじゃなくて……」

やっぱり無理、まだ心の準備が出来てない！

平常心にはまだ遠い。彼の顔を見るだけで赤面しそうだ。そんな私とは裏腹に、彼は動揺を微塵も感じさせなかった。

昨日のこと、何とも思ってなさそう。私に年相応の色気があったら、少しはドキッとさせられたのかな。

彼は普段通り涼しげな面持ちだ。寸分《すんぶん》違わない態度でいられ、胸の奥で靄《もや》が燻《くすぶ》っていく。説明のつかない感情に小首を傾げたら、彼が問いかけてきた。

「俺が帰った後は、よく寝られたか？」

「はい。その……ありがとうございました。雷が苦手なので助かりました」

「いいんだ」

彼は短く告げて切れ長の瞳を細める。その微笑があまりにも優しげで、私の胸は滾るように熱くなった。

もしかして心配してくれた？　きっと、そうだ……。

彼は時折この別館に足を運ぶ。でも、こんな早朝に現れたことはない。優しい気遣いに感謝しながら、ふたりで朝食を摂りに本館へと向かったのだった……。

本館のダイニングルームは広大なガーデンを一望出来る。色調はダークブラウンとシックな造りで、夜には天井高のシャンデリアが爛々《らんらん》と煌めく。更には料理を飾る食器まで厳選されていた。

本日の朝食は、『帝リゾート・パリホテル』の総料理長が作ったもの。

料理の味が落ちればホテルの品格は損なわれる。

しかし、世界中に散らばる帝リゾートを一度にはまわれない為、神崎さんは時々シェフを呼んでは試食をするらしい。

窓からの陽光を浴びた彼が、バインダーと万年筆をテーブルの隅に置く。

料理の採点は終わったらしい。私は生ハムを口に運ぶのをやめて彼に尋ねた。

「どうですか？」

「担当の入れ替えがあったらしいが、問題ないな」

「それはよかったです」

昨日の朝食は不合格で、神崎さんは終始不機嫌だった。

それが今日は、香ばしい焼き色のクレームブリュレを食して満足そう。彼の笑顔を前にして、私の胸にも淡い喜びが広がって頬が綻んだ。

「奈緒、今日はご機嫌だな」

不意に、柔らかな眼差しを注がれてドキッとする。

考えてもみたら私を下の名で呼ぶ異性は限られる。藤宮さんがそのひとりだ。

彼は『ちゃん』と敬称をつけるせいか、親戚に呼ばれている気分。

一方、神崎さんは呼び捨てだからか妙に照れくさい。男らしい低音のボイスは耳にしただけで不思議と落ち着くのに。

ああ、また神崎さんを意識しちゃってる。

最近はいつもこう。暇さえあれば彼をまじまじと眺めてしまう。

いくら素敵だからって、あまりにも不躾だ。これ以上見るなと警告を受ける前に、私は秘めた考えを伝えることにした。

「あの、このお屋敷で私に出来ることはありませんか?」

「俺の婚約者という責務があるだろう？」

「それだけでは、ただ飯食らいのようで気が引けます。この気持ち、分かりますよね？」

私達の婚約は、いわば苦肉《くにく》の策。周囲の目を一時的に欺く為の目くらましだ。

それなのに本物の婚約者のように、優雅に暮らすのは心苦しい。

『気持ちを察して』と瞳に念を込めたら、彼は顎に手を添えながら押し黙る。そして一拍の後、彼は見据え返してきた。

「それなら来月の式典で活躍したらいい。実は、代々神崎家の嫁は婚約を公にした場で花嫁修業の成果を披露するんだ。その恒例に従って、他界した祖母は生け花。音大出身の母はフルートでゲストを歓待《かんたい》した」

予想だにしない話になり、私の顔は瞬く間に青ざめる。

その様子を目の当たりにし、神崎さんは苦笑しながらも声を紡いだ。

「ふたりは長い年月をかけて花嫁修業に勤しんだ。次期当主が十歳で許嫁を選ぶのはその為だが、奈緒には限られた時間しかないな」

式典では愛想よく笑えばいいと思ってた。偽者とはいえ、甘かった……。

上品な立ち振る舞いは必要だろうと、雅さんに指導を頼むつもりでいた。

でも、それだけでは名家の許嫁は務まらない。

上流社会に身を投じるなら、歳月をかけて自身に磨きをかける必要がある。名家の旦那様の伴侶として恥じない為にも……。

「すみません。私のせいで恥をかかせてしまいますね」

ゲストを満足させる技量は一朝一夕《いっちょういっせき》には身に付かない。

吐息に諦めを込めたら、彼が真っ直ぐな眼差しを向けてきた。

「なぜ謝る？　俺は式典がいっそう楽しみになったぞ」

「私はいくら謝罪しても足りないです。披露出来る特技なんてありませんから」

「立派な特技があるだろう？　盗難に遭って以来、腕を振るう機会を失ってはいるが」

神崎さんはそう言って唇の端をニヤリと吊る。不敵な表情に誘われ、ようやく彼の魂胆が見えた。

『式典のゲストに料理を振る舞え』ってこと？　それなら私にも出来る！

確かに車の盗難に遭って以来、仕事が出来ない状況だ。このままでは腕が鈍る自覚もあるし、思いがけない良案《りょうあん》に即座に飛びついた。

「式典で料理を作ります！　ぜひ、私にやらせてください!!」

「頼んだぞ。『心ゆく歓待は五感を満足させるべし』が神崎の家訓だ。式典では俺もピアノを披露し、ゲストの聴覚《ちょうかく》を満たすとしよう。残りの四つは奈緒に頼んだ」

「頑張ります。でも、視覚《しかく》はちょっと難しいです」

五感は人間が持つ感覚機能だ。視覚、聴覚、触覚《しょっかく》、味覚《みかく》、嗅覚《きゅうかく》とある。

料理での視覚は器や盛りつけで表現出来る。けれど、どれだけ頑張っても彼の美しさには敵わない気がした。

式典ではどんな料理を作ろう？　少し緊張するけど、ただ笑ってるより楽し……。

降って涌いた話に心が躍った矢先、神崎さんがテーブル越しから手を重ねてきた。

唐突な触れ合いに私は息を止める。なのに、彼は魅力に溢れた微笑で更に翻弄する。

「なぜだ？　奈緒の美貌は何者も圧倒出来るだろう？」

甘い言葉を紡がれて私は声にならない。

火を灯されたように顔が熱い。心臓は踊り狂って、鼓動が激しくリズムを刻んだ。

「わ、私にそんな真似は……」

「謙遜《けんそん》するな。俺をこんなに夢中にさせてるんだ、男は皆お前の虜《とりこ》だ」

熱を孕《はら》んだ眼差しを貫い、私は息を呑む。

私に夢中って……どうして急にそんなことっ……。

彼の瞳は灼熱の太陽のように私の全身を焦がしていく。顔が火照り、胸がドキドキと高鳴って仕方がない。そこへ……。

「失礼いたします」

メイドが平らげた皿を下げに現れる。豹変した彼に惑わされたが、ようやく合点がいった。

神崎さん、また演技をしていたのね。

私達の偽装婚約は限られた者しか知らない。

藤宮さん、私の母、海外で暮らす彼の両親、この屋敷の総執事である雅さん。

そして当事者の私達。この七人が秘密の共有者だ。

雅さんを除くこの屋敷の使用人は、私達の婚約が偽装とは露ほどにも思わない。

『婚前同居をした！』と小躍りして噂を広めた。

そのお蔭か、『地元住民の溜飲《りゅういん》は下がりつつある』と神崎さんから聞いている。だから、メイド達には仲睦まじい様子を見せつける必要があった。

それにしたって、これじゃあ心臓が持たないよ。

彼の演技力の高さは相当だ。

メイドがこの場を離れても熱を帯びた瞳を私に注ぎ続ける。

馬鹿、ただの演技なんだから本気に取らないの！

駄目だと心に言い聞かせても胸の高鳴りは禁じ得ない。せめて頭だけは冷やそうと彼の手を避け、グラスの水を一思いに飲み干した。

一時間後、神崎さんは食事を終えても会社には向かわなかった。外に車を待たせ、「少し横になる」と自室に籠ってしまう。

食事の時に熱っぽく見えたのは、具合が悪かったのね。

昨夜、彼は浴衣姿で私の部屋に駆けつけた。多分風呂上がりだったと思う。そんな状態で長くいたら、湯冷めをしても無理はない。

うろうろと廊下を行き来して神崎さんの身を危《あや》ぶむ。彼が再び姿を見せたのは十五分ほどしてからだった。

「あの、大丈夫ですか？」

「問題ない。仕事に行く」

彼は駆け寄った私と視線を合わせない。そのまま玄関ホールを足早に立ち去った。

いつになく素っ気ないのは、彼なりの気遣いな気がする。

心配をかけたくないって思ってる？　本当に大丈夫なの？

一抹の不安を胸に抱き、彼を追って玄関ホールの外に出る。彼を乗せたセダンが林道の奥に消えるまで見送ったのだった。

そうして神崎さんと別れた後、私は別館の掃除に取りかかる。

至れり尽くせりの生活はあまりにも贅沢だ。使用人にすべて任せるのは気が引けるし、掃除を終えたら生活用品の買い出しに出かけるつもり。

お世話になっているんだし、これくらいはしないとね。

別館には客間が四部屋あって、そのひとつが私の自室だ。早速、はたきを使って家具の埃を落としていく。

次に、吸引力抜群の掃除機を使って各部屋をまわった。板張りの廊下を水拭きした後は、玄関の三和土《たたき》を箒《ほうき》で掃《は》く。最後に毎夜浸かる檜風呂の掃除をはじめた。

よし、なかなか綺麗になった。洗濯も終わった頃じゃない？

私は風呂場の掃除を終え、首にかけたタオルで額に滲んだ汗を拭く。

風呂掃除に取りかかる前、洗濯機のスイッチをオンにしていた。脱衣所の洗濯機を覗くと、ちょうどよく洗濯が終わったようだ。

いいお天気だし、夕方前には乾きそう。

洗濯機には乾燥機能があるものの、今日は風が心地よい晴天だ。

機械には頼らず洗濯籠を抱えて縁側から外に出る。物干しに洗濯物を干したら、予定した家事はすべて終わった。

さて、綺麗なお庭を散歩してから買い物に行こうっと！

自室で着替え、ハンドバッグを肩に提げつつ別館を後にする。

行先は駅前のデパートだ。日用品の買い出しついでに、手入れの行き届いたガーデンも散策したい。

こんな素敵な場所に住んでいたなんて、本当に信じられないなあ。

石畳のアプローチをのんびりと歩くと、四季折々の花が私を出迎える。職人の腕がいいのか、広大なガーデンは散策料を払いたくなる見事な出来だった。

記憶力って人によって違うみたいだけど、私は相当悪いんだろうな。

これほど素敵なガーデンは一度見たら忘れないはず。それなのに記憶の一片《いっぺん》を抜かれたみたいに何も覚えてないのだから。

昔は頭が悪かったのか。『大人になっても変わらんぞ』って、神崎さんの声で脳内再生されちゃった。ああ……、確かに言われそう！

「神崎さん、大丈夫かな」

彼は会社のトップに立つ人だ。私も小さいながらも店長という立場だし、仕事を簡単に休めない事情は分かる。彼の会社には藤宮さんがいる。だから具合が悪化しても大事にはならないはず。それでも彼の体調が気になってしまう。

お願いだから無理しないでくださいね。

美しく咲き誇る花々を眺めながら、私は心から願ったのだった。

数時間後、私は空が夕焼けに染まった頃に神崎邸に戻った。

もうこんな時間⁉ すっかり帰るのが遅くなっちゃった！

買い物をしていたら思いのほか時間が過ぎた。

新緑を拝《おが》める春とはいえ夕方はまだ肌寒い。小走りで別館に戻り、洗濯物を取り込む。そこで風を切るような鋭い音が私の耳に届いた。

この音、なんだろう？

規則的な音に誘われ、私は首を捻りつつ裏庭へ向かう。

そこには濃紺の道着姿の神崎さんがいた。妙な音は彼が全力で竹刀を振るうせい。

彼の額には汗が滲み、長時間の行為だと見受けられた。

「神崎さん、お帰りだったんですね！」

「ああ。頭痛がするから早々に戻った」

「まだ具合が悪いんですか？　それならなぜ竹刀を？」

体調が悪いのに、なぜ激しく動くのか。不可解に思うと愚問《ぐもん》とばかりに彼が答える。

「鍛錬だ」

「へっ……」

彼が至極真面目に放った言葉は、束の間私を呆《ほう》けさせた。

鳩が豆鉄砲を食ったようとは、まさにこれだった。

唖然とした私を気にせず彼は竹刀を振り続ける。シュッシュッ、シュッシュッと走る機関車のごとく規則的な音を出しながら……。

「俺としたことが多忙を理由に鍛錬を怠った。この頭痛は因果応報《いんがおうほう》。身体が弱いから風邪を引くんだ」

「馬鹿はやめてください！」

思わず声を張ったら、神崎さんの頬がピキッと引き攣る。

「俺が馬鹿なわけっ……」

「馬鹿です、絶対！」

私は睨みを利かせてやった。声にも怒気《どき》を孕ませると面食らった彼が目を丸くする。
よし、いまだ！
絶好の機会を逃すまい。私は虚《きょ》をつかれた彼の手から竹刀を奪った。
じろりと睨まれたが、知ったことか。
私は右手で竹刀を握り締め、くわっと眉を吊り上げる。
「ここで大人しく待っていてください。少しでも動いたら許しません！」
握り締めた竹刀を地面に叩きつけたら「鬼だな」と彼がボソッと零した。
嫁入り前の娘にそれはないんじゃない？
彼に毒を吐かせるほど、いまの私はおぞましい形相《ぎょうそう》なのだろう。
下唇を噛み締め、いつものように反論しかける。でも思い留まった。
彼は口が達者だし、言いくるめられたら堪らない。形勢はこのままでありたい。
我慢よ……我慢……。
私は心で念仏みたいに唱えつつ、縁側で靴を脱ぐ。
そして何か言いたげな彼をひと睨みした後、別館の廊下をひた走った。
脇目も振らず向かった先は厨房だ。やかんでお湯を沸かし、戸棚を探して木製の桶
と下ろしたてのタオルを用意する。

ほどなくして私はお湯を張った桶を抱えて縁側に戻った。

彼は私の言いつけをきちんと守ったらしい。縁側でぼんやりと胡坐をかいていた。

「お待たせしました！」

私は声を張り上げて彼の背後にまわる。

続いてタオルを湯にくぐらせ、彼の両肩に手を添えた。そして……。

「失礼します！」

私は一思いに、彼の着衣を腰の位置までずり下ろした。途端に彼が慌てふためく。

「おい、突然何をっ……」

「つべこべ言わない！」

食ってかかる彼にビシッと言い放つ。それから力加減に気をつけて、広い背中をタオルで拭きはじめた。

ああ、恥ずかしい！

異性の身体を拭くだとか、羞恥でおかしくなりそう。

それでも、何をしてでも無茶する彼を止めたかった。

彼の言葉から察するに長時間竹刀を振り続けていた。体調不良の自覚があるのに、決戦を控えた武将のごとく一心不乱《いっしんふらん》にだ。

神崎さんって普通の人と感覚がずれてる……いや、ちょっと天然？

肌寒い夕暮れ時に汗ばんだ身体でいたら、本格的に風邪を引く。だから身体を拭き終えたら、温かくして休むように指示するつもり。

「背中は終わりました。前は、どうしましょう？」

「頼む」

「はい」

御意《ぎょい》とばかりに頷くも、胸中では沈みゆく太陽に叫んでいる。

ええええ――！　そこは自分でやってくれると思ったのに!!

背中はまだいい。でも前となると事情は変わる。たとえ上半身でも。

よし！　言い出したのは私なんだし最後までやりきろう!!

私は意を決して彼の正面にまわる。瞬間、美しい大胸筋《だいきょうきん》が視界に入った。慌てて目を逸らすも、逃れた先には立派な上腕筋《じょうわんきん》が待ち構えていた。

どうしよう、目のやり場に困る！

完璧な肉体美を眼前にし、鳴りやまない心臓はいまにも壊れそう。

生憎予備はない。彼を前にしたら、いくらあっても足りなさそうだ。

こ、このままだと心臓が持たない。どうにか気を逸らさないと！

ひとまず長い息を吐く。そうして呼吸を整えてから声にした。

「これが終わったら少し横になってください。具合が悪い時は大人しくするのが一番ですから、絶対」

おかしな鍛錬をするより休んだ方がいい。

私は逞しい身体を手早く拭き終え、彼の着衣を元に戻す。そこで、ふっと彼が微笑した。

「笑いましたね？　本当に心配してるのに……」

「分かってる。いまのは思い出し笑いだ」

少しいじけた態度を取って私は縁側に座って足を伸ばした。その隣には胡坐をかいた神崎さんがいる。

ちらりと視線を流した瞬間、彼の瞳が柔らかい弧を描く。

色濃い夕日が私達を取り巻くすべてをオレンジ色に染め上げる。夕暮れ時の幻想的な風景も相まり、彼の美しさがいっそう際立って見えた。

男性と見つめ合うのは戸惑うばかりなはず。

でも騒がしかった心臓は徐々に落ち着き、言いようのない心地になる。

なんだろう、この気持ち。言葉にならない。

視線を外したらこの時間が終わる気がした。それは堪らなく嫌だ。

出来ればこの時間が長く続いて欲しい。だから彼の瞳を真っ直ぐ見据える。

時間にしたら極僅かだ。やがてカラスの鳴き声が聞こえ、胸を温めた時は終幕となる。沈みゆく夕日を眺めつつ、彼が声に懐かしみを含ませた。

「奈緒の『絶対』は口癖だな。昔は上手く言えず『じぇったい』だったが」

「可愛いですね」

昔を語る彼は優しげで胸がくすぐったい。

私がはにかんだ矢先、心地よい風が庭木をざわつかせた。薄紅の桜が吹雪のように舞い上がる。はらはらと散りゆく桜は儚げだが、なんて美しいのか。

「わあ、綺麗」

「綺麗だ」

揃えたように声が重なり、再び視線が交わる。刹那、彼が伏し目がちに顔を寄せてきた。端整な顔が間近に近づき、心臓がドキッと跳ねる。

えっ……、か、神崎さん⁉

反射的に目を瞑ると、後頭部のつむじ辺りを撫でられた気がした。

それはほんの束の間だ。温もりはすぐに消え失せて私は瞼を開いた。

「花びらだ」

私と目が合うなり彼は短く告げた。差し出された掌には薄桃色の花びらがある。彼は息を吹きかけ、一片の花びらをふわりと飛ばした。

私の頭に飛んだのを取ってくれたのか。馬鹿だな、また意識して……。

ここ最近の私は本当におかしい。

妙な病かと思った矢先、隣の彼が薄く笑う。その微笑が寂しげに見えて、私は不安に襲われた。

「どうかしましたか？」

「……理人には何でも話してきたが、奴も知らない話がある」

不意に彼は目線を高くする。その眼差しの先には茜色に染まる山脈があった。

空には雲が浮かび、その隙間から幾多の光の柱が地上に降り注いでいる。

しばらく私達は神秘的な風景に見入った。それから視線を彼に戻し、私の胸はズキッと軋む。

どうして、そんなに……辛そうなの？

彼の双眸は何も捉えていない。ただただ空虚《くうきょ》に思えて仕方がない。

神崎さんと藤宮さんは旧知の仲だ。その藤宮さんが知らない話が無性に気になる。

それでも口火は切らない。彼が語るのをひたすら待った。たとえ聞けなくてもいい。そばにいる。そばにいたい。彼から離れたら駄目だと直感した。

空は一刻《いっこく》と色濃い群青色《ぐんじょういろ》に染まっていった。知らない内に私は、彼の手に触れていた。それは無意識で、私の存在をただ感じて欲しかった……。

しばらく私達は押し黙って手を重ねた。彼と触れ合う度に気が動転していたのに、いまは不思議とそうならない。その内に彼がぽつぽつと語りはじめる。

「父方の祖父は厳しい人で『跡継ぎならば心技体を極めろ』と幼い俺に竹刀を握らせ、英才教育を施した。祖父を咎める者もいたが、強いカリスマ性で帝コンツェルンを率いる祖父に俺は尊敬の念を抱いていた。最短コースで祖父に近づく為、子供らしい楽しみは捨てた。だが祖父が病で他界すると、俺は舵取り役を失った船のように心が無になった。この桜を見ても何も感じないほどに……」

突然の告白に私は打ちのめされた。

何か伝えたい。そう思っても言葉が見つからない。易《やす》い慰めは彼をより傷つける。

胸を抉られるようなショックを受けて、すべてを察した。

この話を知れば藤宮さんが胸を痛める。だから神崎さんは話さなかったのね。

彼は他人を思いやる心がある。ひょっとしたら自分の両親にさえ、胸の内を明かさなかったのかもしれない。どれだけ辛かったろう。孤独だったろう。胸中を想像するだけで目頭が熱くなる。

優しすぎるよ、神崎さん……。

不意に目の奥が熱くなる。それでも涙は見せない。

私が泣いたら彼は優しい殻に籠《こも》る。だから必死に平静を装うと、彼が視線を預けにきた。

「身も心もボロボロになった頃、奈緒の父がこの家のシェフになった。奈緒は俺に懐いてくれて、その内に不思議な変化が起きた。奈緒と眺める桜はより美しく、ふたりで食べる団子は知った味のはずなのに、はじめて食する感動があった。……一体、なぜだろうな」

「誰かと寄り添いたい。そう思ったからじゃないでしょうか」

誰だって、ひとりぼっちは寂しいものです。

心の声は私の胸に留めておく。聞かせたら彼を傷つける気がしたから。

神崎さんは私の答えに納得したらしく、微かに頷いてから声を綴った。

「すまない、つまらない話をした。聞かせるつもりはなかったが」

声色を優しくされ、思いがせり上がる。無性に伝えたくなった。

神崎さんの笑顔が見たい。笑って欲しい。違う、私が笑わせる。馬鹿みたいにおどけて無様だなって思われたって構わない。それで彼の笑顔が見られるなら最高だ……。

この七年、彼は私を支えてくれた。

独立までの道は平坦《へいたん》じゃなかった。レストランでの下積み時代は過酷で、立派な父の背中は果てしなく遠かった。

私が弱気になる時、彼は父のように強く、時に母のように優しく、私を進むべき道へと導いた。

SNS上でどれだけ文字を綴っても感謝はしきれない。

だから、ひと目でも会いたかった。それは叶わないから静かに祈った。世界のどこかにいる彼が、どうか幸福でありますようにと……。

それだけで満足だった。でも、いまは違う。

遠くから幸せを願うなんて無理。これだけ彼を知ったら、もっと近づきたい。

こうして触れ合える場所から、彼の瞳を見据えて伝えたい。

「また話したいことがあれば、いつでも呼んでください。偽装婚約を解消して、ここを離れても、神崎さんが世界中のどこにいても必ず駆けつけます」

私はとびきりの笑みを浮かべ、心からの思いを届ける。

そんな私を彼は黙って見つめ、一拍《いっぱく》の後に澄んだ瞳を向けてきた。

「奈緒、俺はお前を妹のように想ってきた。その気持ちは……」

彼が真剣な面持ちで声を連ねた、その時――。

ザザッと砂を擦るような音が漏れ、私達の視線は横に飛ぶ。

そこには目を見張った藤宮さんがいる。私達と視線が交わるなり、彼は晴れ晴れしい微笑を端整な顔に添えた。

「邪魔してごめん。僕は消えるから続きをどうぞ」

藤宮さんは妙にすっきりした面持ちで踵を返す。神崎さんとの仲を勘ぐられた気がして、去りかける彼を慌てて呼び止めた。

「藤宮さん、待ってください！」

「ふふっ、照れなくてもいいよ。ふたりがラブラブなら初夜《しょや》も問題ないよね。川魚の調査もまだ終わりそうにないし、よかったあ」

「しょ、初夜って何の話ですか⁉」

初夜は夫婦の営みを連想させる言葉だ。私が嫌な予感を覚える尻目に、彼はパチパチと目を瞬かせる。

「遼真君、奈緒ちゃんに教えてないの？」

「話す必要がないだろ」

「あるでしょー。婚儀のしきたりは〝婚約を正式に発表したら一夜を過ごす〟決まりなんだし」

「しっ……」

しきたりって、そこまでするの⁉

あけすけに言われ、私は顔から火が出る心地だ。

僅かな時間、神崎さんと抱き合って心臓が破壊されかけた。周囲を騙す為でも、一夜を明かすなんて到底無理だ。

生憎代えの心臓はない。完全に息の根が止まってしまう。

私の顔は妄想だけでも熱くなる。片や、神崎さんは憮然とした面持ちだ。

「くだらん話は終わりだ。俺は自室に戻る。理人、用があるなら一緒に来い」

「ハイハイ、分かりましたよ」

神崎さんから睨みを貰い、藤宮さんが大袈裟に肩を竦めた。

あの様子だと、初夜の問題は大丈夫そうかな。

神崎さんの態度を見るに、しきたりには従わないつもりのようだ。

彼の態度に安堵しながらも別の件が気になる。
藤宮さんが現れる直前、神崎さんは何かを告げようとした。
『奈緒、俺はお前を妹のように想ってきた。その気持ちは……』
あの後、何を言おうとしたんですか？
縁側を離れた道着姿の彼に心で問いかける。
その姿が視界から消えても尚、深刻な彼の眼差しが頭から離れなかった。

第四章　二番目の花嫁候補

桜蘂《さくらしべ》降《ふ》る四月の中旬、私は品川のオフィス街にいた。

ここにビルを構える帝リゾートは一流企業だ。その本社で浮かないように、白のシャーリングブラウスと、水色のプリーツスカートという上品な装いで受付を済ませた。

来月、帝リゾートは創業百年を迎える。

その式典は神崎邸で執り行い、併せて私達の婚約を発表する算段だ。

当日、私は神崎家の習わしに従ってゲストを料理で歓待する。偽りとはいえ政財界を牽引する名家に嫁ぐ身だし、心ゆくもてなしが必要だ。

色々と値踏みされそうだし、料理だけでも頑張らないと！

天井高のホールを仰ぎ、私はいま一度決意する。

この本社に足を運んだのは神崎さんの計らいだ。

式典のゲストは五十名。それほどの人数だと、私ひとりでは手が足りない。

そこで帝リゾートの社員に助力《じょりょく》を得られる手筈《てはず》がついた。これから、その社員達との顔合わせがある。

サポートメンバーは『帝リゾート・横浜《よこはま》ホテル』のレストラン勤務だっけ。あそこのフレンチって美味しいって評判だったよね。

一流ホテルに勤めるくらいだ。さぞ腕のいい料理人ばかりだろう。

その人達を差し置いて、私が総料理長を務めるのかあ。

恐縮のあまり、夏でもないのに冷や汗が出そう。そこへ、人が行き交うホールに待ち人が現れた。チタンフレームの眼鏡をかけた男性は藤宮さんだ。

藤宮さん、なんかウキウキしてる？

畏まった風情なのに、彼はどことなく遊びに行くかのように楽しげだ。

私が小首を傾けると、彼はとびきりの笑みを湛えて生き生きと声を張る。

「高瀬様！　この度は社長とのご婚約、誠におめでとうございまーす‼」

藤宮さん、声が大きい！

オペラ歌手さながらの声が天井高のロビーに轟く。

たちまちに辺りがざわつき、羨みの視線を彼方此方から注がれる。

「ねえねえ、あれが噂の婚約者？」

「社長に溺愛されてるのよね」

「三十年越しの片想いで社長から猛烈アプローチしたらしいわ。五十回振られても諦めなかったんだって！」

「私は百回振られたって聞いたわよ」

それ、どこの世界線の話⁉

ライトノベルにありがちな『異世界にトリップした？』と錯覚するほど、彼女達の話は理解不能だ。ただただ唖然となると、くいっと肘の辺りが引っ張られた。

『行こう』

そう目で訴える藤宮さんに従い、すぐそばのエレベーターに乗り込む。静かに上昇するエレベーターには、私と藤宮さんのふたりだけだ。

「おかしな噂が立っていますね」

「僕が流したからね」

なぜか誇らしげに胸を張られる。そんな真似をされたって混乱極まるばかりだ。

「どうして、そんな嘘をついたんですか？」

「ふたりの婚約を快く思わない人もいるからだよ。もし邪魔が入っても『ふたりの愛は揺るがない』って思わせないとさ」

「それにしたって神崎さんが振られすぎです」

理性的で美しい彼にそれほど迫られ、拒む女性がいるだろうか。

しかも、百回だなんて到底信じ難い。話を盛りすぎだろうと呆れるも、藤宮さんは淡々と言いのたまう。

「大袈裟なくらいでいいの。実は急に婚約が決まって、『社長が強引に迫られたんじゃない?』って社内で噂になってさ。遼真君モテモテだし、このままだと奈緒ちゃんは無傷じゃ済まないよ。港にぷっかり浮かびたくないでしょ?」

そ、そこまでの事件になるの⁉

みるみる内に血の気が引くと藤宮さんが柔和な笑顔を見せた。

「なーんて冗談。でも、女の嫉妬は怖いから先手は打っておかないとね」

「神崎さんって、そんなにモテるんですね」

「ランチのお誘いも未だにあるよ。お昼は奈緒ちゃんのお弁当があるから無駄なのにさ。そうそう遼真君だけじゃなく、僕の分までお弁当をありがとう。お代は本当にいらないの?」

「もちろんです。藤宮さんには調査の件でお世話になっていますから」

最近、ふたりの為に弁当を作りはじめた。営業を再開出来るまで続けるつもりだ。

「本当に助かるよ。屋台村でお弁当を買ってた時もさ、『これは美味い』って遼真君がよく褒めてたんだ。『いい加減、本人に伝えなよ』って呆れちゃってね。あの日は僕の分しか買わなかったんだよねえ」

そこで藤宮さんはニヤリと笑う。まるで悪戯を仕掛けた子供みたいな笑顔だ。してやったりの表情に記憶の蓋が開いていった。

そういえばあの日、藤宮さんはいつもと違ってたっけ。

神崎さんが私の店に現れる前、藤宮さんは弁当をひとつしか買わなかった。

あれは『使い走りをさせる上司への反乱』じゃない。まったくの見当違いだ。

「お弁当をひとつしか買わなかったのは、神崎さんを私の店に行かせる為だったんですね！」

「大正解！『完売で食い損ねたぞ』って、カンカンに怒られちゃった」

藤宮さんが悪びれずに笑うから、私もそれにつられる。

ふとガラス張りのエレベーターから眼下に広がる景色を眺めた。目に映るのは少し前まで働いていた屋台村だ。

ずっと会いたかった村雨さんは、こんなに近くにいたんだ。

ひょっとすると屋台村で働く私に、社長室からエールをくれたかもしれない。

彼とはじめて会った時、威圧的な態度が少し怖かった。

でも、私が盗難に遭ったと知れば優しく手を差し伸べる。雷に怯えた時は震えが止まるまで寄り添ってくれた。

二十年前、彼は私を将来の花嫁に選んだ。

当時十歳の彼はそのことで多くの反発を食らった。その頃の記憶がなくても、どれほどの騒ぎだったかは想像に易い。

許嫁選びの場には、名家の花嫁に相応しい少女が集まった。

『きっと我が子が見初められる』

そんな風に期待に胸を膨らませた親もいただろう。けれども極々平凡な使用人の娘が選ばれた。その状況下なら暴動が起きても無理はないと思う。

幼いとはいえ、とんでもない真似をしでかしちゃったなあ。

生前の父にはよく『奈緒はお転婆だったぞ』と、からかわれた。

だから無茶ぶりに出た自分が容易に想像出来る。十歳の彼はさぞ困惑したはず。

神崎さんは昔から優しかったんだろうな。妹みたいだったって言われたし。

連絡を取りはじめた頃からいまも尚、彼は優しい。だからきっと『遼真君と結婚する！』と、ダダをこねる私を拒めなかったのだろう。

なんだろう、この感情。言葉に出来ない……。

なぜだか胸が痛い。ここ最近、彼のことを考えると妙な感覚になる。

何者かに刃物で突かれたように胸が苦しい。

覚えのない感情に捕われながら私はエレベーターの階数表示を睨めつけた……。

そして、上へと急いだエレベーターは十二階に到着する。

サポートメンバーとの顔合わせは重役用の会議室だ。藤宮さんの案内で会議室に向かうと、そこにはすでに選《え》り抜きの社員達がいた。

サポート役の社員は三名。ひとりが女性で残りのふたりは男性だ。

彼等と手短な挨拶をし終えた時、軽やかなノック音が室内に響く。

「失礼します」

入室の言葉と共にドアを開けたのは意外な人物だった。

あれ、雅さん？

彼女は神崎家の総執事だ。それなのにいまは、オフホワイトの上品なスカートスーツを身に着け、部下に慕われるキャリアウーマンにも見えなくはない。

どうして本社にいるんだろう？　いつもと服装も全然違うし。

キョトンとする私を尻目に、彼女はお盆を胸の高さに掲《かか》げたまま微笑した。

「お待たせいたしました。資料に名前がある席にお座りください」

今日は顔合わせの他にメニューの考案会議がある。見れば、室内は長机をロの字型に配置した会議用のレイアウトになっていた。

彼女がいる理由も分からないまま、私は自分の席に移動する。そこへ、ビジネススタイルの神崎さんが姿を見せた。

「遅れてすまない。藤宮、顔合わせは済んだか？」

「はい。ちょうど会議に入るところです」

会議の進行役は藤宮さんらしい。彼が席を立つのと同時に会議がはじまる。

あれ、この人……。

ちらっと視線を流せば、私の右隣にいる男性社員が顔を惚けさせていた。眼差しはお茶を淹れる雅さんに注がれ、彼の面持ちに納得がいく。

あれだけの美人だと、見惚れるのも無理はないか。

彼の熱い眼差しにつられ、私も雅さんへ視線を飛ばす。その時、彼女が柔らかな声色で神崎さんに尋ねた。

「社長、寒気はございませんか？」

「問題ない」

彼が即座に首を振るも、彼女はそっと額を重ねる。

自然なやり取りは気が知れた夫婦のよう。麗しいふたりは見事に絵になり、私は思わず息を止める。

なんだろう、いまのふたりをどこかで見た気がする。ああ、そうだ……。

はじめて神崎邸に招かれた夜、私は神崎さんと酒豪対決をした。その翌朝、いまみたいに額を合わせて神崎さんが私を気遣った。

あの日の光景が脳裏を過ぎて、言いようもなく心がざわつく。

もしかして雅さんは廊下から覗き見していたの？　それでいま真似してみせた？

まさか……そんなわけない。

疑念を頭から払おうとしても胸の鼓動が落ち着かない。

心臓を激しく打ち鳴らすと彼女がこちらを一瞥した。

その瞳が挑発的に見え、煙が立つように胸がモヤモヤしはじめる。理解不能な感情を押し隠し、ふたりから視線を外した。


二時間後、帝リゾートでの会議を終えた私は市場に向かう。

先程の会議で、式典で提供する料理は和風フレンチに決定した。

時間はないけど、知恵を絞って絶品メニューを考案しなきゃ。

旬の食材を見れば良案が浮かぶはず。

そんな狙いがあって、市場へ車を走らせていた。運転手は藤宮さんだ。

私が行きつけの市場は、帝リゾートから車で二十分ほどの距離。歩くには骨が折れるだろうと、彼がドライバーを志願した。

その道すがら、車の運転席で藤宮さんがクスッと笑う。

「奈緒ちゃん。随分静かだけど、早速メニューを考えてるんだね」

「バレちゃいましたか。藤宮さんは何でもお見通しですね」

さすがは一流企業の社長秘書だ。秀でた観察眼がある。

私が助手席で感心するも、彼の表情は暗い。珍しく顔を引き攣らせ、声色を低くした。

「そんなことないよ。雅さんの心は全然読めない。さっきだって何を考えてるんだか、奈緒ちゃんを挑発してさ」

「私は大丈夫ですよ」

即座に答えるも、声のぎこちなさは否《いな》めない。

本当は彼女の名前が出ただけで、なぜだか胸が詰まる。その心中は明かさない。話したところで楽しい気持ちにはならないし、藤宮さんの気分を悪くさせるだけだから。

「彼女さ、遼真君に懇願して社長秘書になったんだよね」

「えっ……それじゃあ、藤宮さんはどうなるんですか？」

「僕は川魚の調査が終わるまで秘書業務を外れるんだ。天災じゃないって分かれば住民も二度と騒がないだろうし、頑張るよ」

藤宮さんが目尻を下げて柔らかに微笑む。片や、私の心は騒いだ。

雅さん、神崎さんの秘書になったんだ。ふたりは家でも会社でも一緒か……って、彼女に嫉妬しているみたい。私にはそんな資格はないのに。

私は彼に見初められたわけじゃない。時期が来ればお役御免だ。

自分の役割は承知している。それでも、本物の婚約者に浮気をされた気分になった。

神崎さんと雅さん、お似合いだったな。今頃、ふたりは何をしてるんだろう。

仲睦まじいふたりの様を想像するだけで心が沈む。四六時中、彼のそばにいる彼女が何を思っているのか、気になって仕方がない。

どうして雅さんは秘書を志願したの？　会社の社員でもないのに……。

考えるほどに気落ちしてしまう。

それでも必死に平静を装うと、藤宮さんが深刻そうに話を続けた。

「実は、過去の奈緒ちゃんへの嫌がらせも調査中なんだ。遼真君には話してないけど、僕は雅さんを一番に疑ってる」

「えっ……」

想定外の話になり、私は動揺を押し隠せない。膝に置いた手が徐々に震えていった。

雅さんが……嫌がらせの犯人……。

嫌がらせを受けた当時の記憶が私にはない。

中傷のビラ以外に直接的な嫌がらせ行為があったのは知っている。

それ以上の詳細は分からない。誰にも聞いてない。私が知ると神崎さんが苦しむ気がしたからだ。

しかし、彼女が犯人なら話は違う。悪意を抱く人物が身近にいるのは恐怖だった。

雅さんが本当に犯人なの？　私達の過去に何があったっていうの？

私は車のシートに寄りかかって瞼を閉じる。

そうして眠った記憶を頭の深部まで探してみた。でも無駄だった。どれだけ思考を巡らせても記憶のキャンパスに色はつかない。

やっぱり駄目だ。何も思い出せない。

意識を強く集中させても同じ。自分の無力さに腹が立ち、深々とため息をついてしまう。すると、傍らの彼が一段声を落とした。

「ごめん。こんな話は聞きたくなかったよね」

「いえ。身近な人を疑わないといけないなんて、藤宮さんも大変ですね」

「僕は大丈夫、秘書の仕事より楽だったりするし。それと、さ……」

藤宮さんは右にハンドルを切りつつ、言い辛そうに口を濁した。

明朗快活《めいろうかいかつ》な彼にしては珍しい態度だ。思わず私は身構える。

「まだ確たる証拠がないし、雅さんの犯人説は内緒にして欲しいんだ。遼真君、彼女のことは信頼してるから」

更なる驚愕に備えていたら、まさかの肩透かしだ。

藤宮さん、つい話しちゃったんだろうな。

知り合いを疑うのは辛い仕事だろう。私だったら愚痴のひとつも零したくなる。

「分かりました。ここだけの話にしておきますね」

「ありがとう。ふたりだけの秘密って、遼真君が知ったら嫉妬するだろうなあ」

藤宮さんが冗談を交え、重い空気を変えようとする。それを察して、私も声を明るくした。

「もうっ、そんなわけないですよ。ところで明後日の夜は空いてますか？」

「予定があるけど、どうして？」

「実は、神崎家のディナーを任されたんです。神崎さんが式典まで料理の採点をしてくれることになって。藤宮さんもご一緒にと思ったんですけど」

「採点の件は遼真君から聞いてるよ、明後日のディナーなんだね。『採点とか奈緒ちゃんの手料理が食べたいだけでしょ』ってからかったら、鋭い眼力で睨まれちゃった」

神崎さんの目力って破壊力があるからなあ。

弁当を買いに来た彼に完売と告げたら、鋭く睨まれたのを思い出す。

なんだか懐かしい。まだ一ヶ月も経ってないとか信じられないな。

あの日以来、私を取り巻く状況は一変した。ぼんやりと当時を振り返っていたら、運転席の藤宮さんが声を弾ませる。

「次の機会にはお邪魔させてもらうね！」

「ぜひ、いらしてください。リクエストがあれば前日までにお願いしますね」

「リクエストなんてしていいの？　うわあ、楽しみ」

天に昇る心地とばかりに、ハンドルを握る彼が破顔する。

いつも明るい彼に暗い顔は似合わない。偽りのない笑顔を見て、私の心も晴れていった。

明後日、定刻通りに神崎邸のディナーがはじまる。

料理番を担う私が用意したのは、旬の食材を使用した懐石《かいせき》料理だ。

菜の花を散らせた椀には海老の酒煮とよせ豆腐。色合いが地味になりがちな煮物は、小枝のように細いフェンネルとラディッシュを添え、笹の葉に乗せたマグロの炙《あぶ》り握りは山葵《わさび》醤油で味わってもらう。

名産と知られる安曇野《あずみの》の山葵は市場で手に入れたもの。

その市場は独立前から通い詰めて親しい競《せ》りの業者がいる。彼等のお蔭で漁獲《ぎょかく》量が極めて少ない『ミナミマグロ』の入手が出来た。

はあ、ドキドキする。お弁当とは緊張感が全然違う。神崎さんの口に合うといいんだけど……。

ダイニングルームにはシャンデリアが煌めいている。

その輝きを一身に浴びた神崎さんをそっと見やった。料理と向き合う彼はマグロの炙り握りを味わう。そして一度頷いて口角を僅かに上げた。

これは『文句なし』との彼の癖。

彼は食に対して実に厳しい。味はもちろん、盛りつけの美しさや完璧なマナーまで求める。この屋敷に住み出した当初、彼にはお茶の席で正しい作法を教わった。カップの取っ手は指を入れない。ティースプーンはカップを鳴らさない配慮が必要。その他、客人に出す際の注意点等々。

知らずにいたマナーを淡々と述べられ、ものすごく勉強になった。

それもあり、今夜は料理の盛りつけにも細心の注意を払っている。

寒気を覚えるほどに料理の説明にも身を引き締めた。その甲斐あって、合格点を貰えたらしい。

あの様子だと、大丈夫そう。ああ、よかったあ。

ガッツポーズでも決めたいところだが、胸を撫で下ろすだけに留める。大袈裟に喜んだら、はしたないと減点されかねない。だから部屋の隅で密かに喜びを噛み締めた。

一方、神崎さんは口元をナプキンで拭っている。

あれは食事を終えた合図よね。

彼の仕草が目につき、私は一歩前に出る。けれど、私よりも先に行動に出る者がいた。彼の元にいそいそと歩を進めたのは雅さんだ。

「遼真様、今夜のディナーはいかがでしょう?」

「満足だ」

「それは何よりです。ですが、こちらの椀はどうかと思いますよ」

彼女は品定めをする目つきでテーブルに視線を注ぐ。その先には煮物に使った漆色の椀がある。指摘を受け、神崎さんがしみじみと頷いた。

「料理には少々合わない気もするが、雅は厳しいな」

「当然です。奈緒様が神崎家の嫁に相応しくないと思われたら私が困りますから」

雅さんが困るって、どうして？

彼女の言葉に何か含みを感じた。

美しい横顔を探るように眺めると、彼女が負けじと視線を投げつける。僅かに見つめ合い、彼女は見惚れるほど優美に微笑した。

「私は遼真様の二番目の許嫁。分家が一番目の許嫁を認めない時や初夜のしきたりを拒んだ場合は私の出番になるのです。もちろんそのような事態は望みません。奈緒様にその覚悟があるなら、私の出る幕はございませんから」

雅さんが二番目の許嫁っ……。

彼女の告白は強い衝撃となって私を襲う。

なぜだか彼女と目を合わせるのが辛い。彷徨《さまよ》わせた視線を神崎さんに向けた。

彼は言外《げんがい》に険しい眼差しで彼女を咎《とが》める。それで彼女の言葉が事実だと裏づけられた。

そうか、雅さんが二番目の許嫁だから藤宮さんは疑ってるのね。

初夜のしきたりを辞退した場合、雅さんが私の代わりになる。

性交渉を前提とした一夜をふたりは過ごす。一夜で終わるかも分からない。名家の跡継ぎが出来るまでふたりは肌を重ねるのなら……。

雅さんにはその覚悟があるんだ。

彼女の二重の瞳には真剣な色が宿っている。それは決意を秘めたようにも見えた。たったいま彼女は望まないと告げた。それは本心だろうか。もし神崎さんとの結婚を夢見ているなら、私の存在は疎ましいはず。

神崎さんに睨めつけられても尚、彼女は物ともしない。

毅然としたその態度が不敵に見え、ドクンッと私の心臓が嫌な音を立てる。暗い湖に小石を投じられたように、不安という波紋《はもん》が私の心を覆う。

正体不明の闇に取り込まれそうで私は唇を噛み締めた。

第五章　波乱

空に暗雲が垂れ込めた五月。

生憎の悪天候に見舞われたその日、帝リゾートの記念式典が執り行われた。

会は神崎邸の本館ではじまって二時間を経過した。

これといったトラブルがないのは事前のリハーサルのお蔭だろう。厨房を共にするサポートメンバーと、配膳を担うメイドの動きは実にスムーズだ。

本日の式典は私のお披露目も兼ねている。

神崎邸に招いたゲストは大企業の重役をはじめとした大物ばかり。

神崎さんの許嫁として立派に振る舞うのは最低限。とびきりの歓待が必要だ。

神崎家に嫁ぐ女性は婚約発表の場で花嫁修業の成果を披露する。

その恒例《こうれい》に従って、私は和風フレンチをゲストに振る舞った。

前菜は熟成《じゅくせい》日本鹿と季節野菜のテリーヌ。フォアグラベースのソースには、鹿児島《かごしま》産の麦味噌を使った。

メインの直前に出す魚介の一皿は、『真鯛《まだい》のムニエル安曇野の清らかな風と共に』

と命名して、隠し味は以前使った安曇野産の山葵だ。

悩んだ末のメイン料理はシャトーブリアンの和牛ステーキ。シャトーブリアンは牛一頭から僅かしか取れない希少《きしょう》な部位だ。

午後二時を過ぎたいま、私はコックコート姿で息をつく。

やっと終わったあ。もうクタクタ……。

傍らの椅子に腰かけ、ペットボトルのミネラルウォーターで喉を潤した。

一説によると成人した身体の約六十パーセントが水らしい。水にはリラックス効果があり、補給は実に大事だ。

そうして身体を休めると、サポートメンバーが口々に労ってくれる。

「高瀬さん。お疲れ様でした！」

「さあ、早く社長のそばに行ってください」

「遠慮しなくていいですよ。料理長としてゲストの反応も気になるでしょう？」

確かに、ゲストの様子は気になっちゃうな。

料理に満足してもらえたのか、ゲストの反応は気がかりだ。同時に、やけに挑戦的だった雅さんの態度を想起した。

『私は逵真様の二番目の許嫁。分家が一番目の許嫁を認めない時や初夜のしきたりを拒んだ場合は私の出番になるのです』

それは神崎邸のディナーを担った私への言葉。

あの日、別館に戻った後で神崎さんに気遣われた。第二許嫁の存在を知って、それが雅さんで私は酷く動揺していたから……。

『雅のことは気にするな。分家も問題ない』

彼の言葉には優しい嘘が混ざっていた。小耳に挟んだメイドの噂話だと、分家は本家の血が途絶えるのを恐れている。本家の跡継ぎ問題はやはり深刻だ。

今日は分家の人達も来ているんだっけ。

正午からはじまった式典で私は、神崎さんの許嫁として挨拶を済ませた。

『本日の総料理長を務めます』

その言葉を口にした途端、身体に緊張が走った記憶が蘇る。

ここにいる皆のお蔭で満足のいく料理を提供出来た。その自負はあっても、ゲストの顔を見た上で判断したい。

「皆さん、ありがとうございます。行ってきますね」

私は頭につけた三角巾を取って仲間達に感謝を伝えた。

ゲストの前に出るなら着替えなきゃ、裏口から別館に行こう。

私の顔はゲストに知られている。人で行き交う廊下は避けた方がいい。

私は厨房の裏口から外に出る。ぱらつく小雨を傘で避けつつ別館へ向かった。

「お待たせしました。着つけをお願いします」

自室に入るなり、そこに待機していたメイド達が首を垂れる。すぐさま彼女達の手によって、私はコックコートから美しい和装姿へ変身を遂げた。

こんな風に着飾るなんて、いつ以来だろう？

真っ赤な紅を引かれつつ、私は記憶の糸を辿る。なんと七五三まで行き着いた。

それくらいレアな格好で再び本館へと舞い戻る。

式典の会場は本館でも際立って豪華な大広間だ。

ここはその昔、社交界のダンスホールにも使用されたそう。会の終わりに神崎さんがピアノを披露する為か、窓際にはグランドピアノが品格を備えて佇んでいた。

そういえば『舞踏会をするような場所もある』って藤宮さんが言ってた。それって、この大広間のことだろうなあ。

確かに、童話の世界みたいな王子様がいたって違和感がない。

会場内の料理はすでに片づけられ、各々歓談する姿が見受けられる。

きちんと正装して正解だったな。普段着で登場したら浮くこと確実だしね。

老舗呉服屋の着物は、私が身に着けるには勿体ない代物だ。

それでも、まわりを見渡せば素敵に着飾る人ばかり。きちんとした正装はマナーであると身に染みる。

女性ゲストは裾の長いイブニングドレス姿が多い。

和装が私だけなのは神崎さんからの贈り物だから。加えて、もてなしの心を大事にする神崎家の習わしでもあった。その昔、神崎家は貿易商で財を成した。当時は外国からの客人が多く、艶やかな着物が喜ばれたらしい。

神崎さんはどこだろう……見つけた！

うろうろと視線を彷徨わせ、彼を探し出す。

上品なタキシード姿の彼は会場内で目立つ存在だ。

ここにいる誰よりも纏うオーラが格段に違う。上品な装いをそつなく着こなし、髪をフォーマルスタイルに流している。その姿は普段より凛々しさ倍増だ。

当然、女性ゲストは見惚れた視線を彼に投げる。片や、彼は気にする素振りもない。色目を使われるのは慣れていそうだ。

彼は私と目が合うなり、どこ吹く風といった様子で近づいてきた。

「奈緒、ご苦労だった。もう少しだけつき合えるか？」

「もちろんです。元気だけが取り柄ですから」

若干足が張っていたが、彼を前にしたら不思議と力が漲る。

目を細めて謝意を伝えた彼と、会場内を挨拶してまわることにした。


三十分後、私はゲストとの歓談の合間に神崎さんに耳打ちをする。

「あの、大事な人達にまだ挨拶をしていません」

「誰だ？」

「神崎さんのご両親です」

彼の両親は、私達の婚約の裏事情を知っている。

この婚約は一時的だ。藤宮さんの調査が終わり、天災騒動が解決すれば『愛が薄れた』と適当な理由をつけて、私はこの屋敷を離れるつもり。

とはいえ、居候状態がいつまでかは分からない。長期戦を強いられる事態も考え、彼の両親には挨拶をしておきたかった。

この三十分、会場をまわりながら彼に似た顔を散々探した。けれど、血縁を匂わせる顔はまるで見当たらない。

やむなく尋ねると、神崎さんが目尻を下げて謝罪する。

「すまない。俺の両親は欠席だ」

「あれ、出席されるって話でしたよね？」

「奈緒には伝え忘れたが、母にドクターストップが入った。いまの容体では長距離移動は厳しいそうだ」

それほど体調が悪いのね……。

神崎さんの母親は持病があり、医療体制の整ったアメリカに滞在中だ。

その妻につき添う為、彼の父親は予定を早めて当主の座を退いたと聞いている。

「ふたり共、奈緒に会うのを心待ちにしていたし、母は特に残念がっていた」

「私もです。『また機会があればぜひ』とお伝えください」

「ああ、必ず伝える」

神崎さんは力強く頷き、それからドリンクを配るメイドを呼び止めた。

彼が頼んだのは琥珀《こはく》色のカクテルだ。それは甘さが癖になるラムベース味で、彼の晩酌につき合う際に、私はよくお代わりを強請る。

彼は向き直り、私にそのカクテルを差し出してきた。

「奈緒。これを飲んで、少し休め」

「でも、挨拶の途中ですから」

私は戸惑いながらもグラスをひとまず受け取った。

正直なところ神崎さんの提案は有難い。

エスコートをされるままに会場をまわり、出会うのは大物ばかり。

肩書が立派な彼等の中には、国会中継で見かける政治家もいた。それなりの常識はあっても、奥深い政治の話になるとついていけない。

『環境問題について何を思うかね？』

そんな小難しい話を振られた時は、ほとほと困った。ボロが出ないように話題を逸らすのに疲弊して、極度の緊張から身体は悲鳴を上げている。

ゲストの相手は大変だけど、偽者でも婚約者なんだし。神崎さんだけに任せるわけにはいかない。

私は心に鞭を打つ。そうして気を張ったら彼が微笑した。

「奈緒は俺の婚約者と総料理長の二足のわらじだな。料理の感想は気にならないのか？」

「もちろん気になります。分家の皆さんにも満足いただけてホッとしました」

これまでの挨拶まわりで、神崎家の分家にも出会った。

懸念はあったが、彼等には料理を褒めちぎられ、その他のゲストにも嬉しい感想を貰えている。称賛を浴びて、私はすっかり気をよくした。

でも胸がほくほくの私とは裏腹に、神崎さんは至極冷静に語る。

「ただのお世辞かもしれないだろう？　すべてを本音と思うな。外面がいい人間はどこにだっている。これは他界した祖父の言葉だが、そういった輩は上流階級の世界にこそ多いんだ」

そっか。神崎さんと一緒なら尚更、婚約者の私を悪く言えないよね。

本日のゲストには、帝コンツェルンの仕事の関係者もいる。

神崎家は政財界に顔が利くし、媚を売りたいゲストがいてもおかしくないだろう。

馬鹿だなあ、本音と建前も分からないなんて……。

言葉のままに受け止めた自分を戒め、私はやや沈んだ声を出した。

「料理の感想ひとつで、神崎さんのご機嫌が取れたら安いものですよね」

「まあ、俺が慎重な性格なのもある。今日は特に、大事な許嫁を奪う輩《やから》がいないかと神経質だしな。今日の奈緒は一段と美しい。本音を言えば、誰にも見せずに俺ひとりで愛でたい気分だ」

め、愛でたいって――!?

唐突の賛辞に、私の心臓が早鐘を打つようになる。

目を合わせるだけで気恥ずかしい。ふいっと顔を横に逸らしたら「ゲストの本音が知りたいなら背後を取れ」と彼は囁いてこの場を離れた。

神崎さんってば、時々ドキッとさせるんだから……。

彼は時折真顔で冗談を言う。それに私は決まって翻弄されていた。

もうっ、あれこそ社交辞令じゃない。

胸中で煩い鼓動に言い聞かせても無駄。みるみると耳朶まで熱くなる。それをアルコールのせいにする為、私はカクテルを一気に飲み干した。

『本音が知りたいなら背後を取れ』か。ちょっとはしたないけど実践してみよう。

空になったグラスをメイドに渡し、私は会場をうろつきはじめる。

ふたり組の女性の背後に近づき、失礼とは承知で聞き耳を立てた。

「さっき食べたムニエル、とても美味だったわあ」

「シャトーブリアンまで出るだなんて、呼ばれなかったゲストが可哀想なくらいよ」

嬉しい感想を頂戴し、私はすっかり気をよくする。

会場を当て所なく歩くと、嬉しい感想が続々と耳に届いた。

よかったあ、すごく喜んでくれてるみたい！

メイン料理に添えた飴細工まで残さず食べた人もいて、最上の至福だ。

つい頬を綻ばせた矢先、覚えのない女性の声が背中に届いた。

「高瀬奈緒さん」

誰だろうと振り向くと、そこには美しい女性がいた。これまでの挨拶まわりで、出会わなかった人だ。

彼女は二十代後半と思しき見た目だった。胸元がV字に開いたセクシーなドレスはワインレッド。色気のない私が着たら幼児のお遊戯会の衣裳になりそうでも、彼女は抜群のスタイルで見事に着こなしている。

うなじが綺麗な夜会巻も色っぽく、目鼻立ちがはっきりした美女だ。

式典がはじまってすぐ、私は神崎さんの婚約者として紹介された。だから彼女も私を知っているのだろう。そんな彼女が私をじっと見やり、真紅の唇を開く。

「私、城《じょう》ヶ《が》崎《さき》美琴《みこと》と申します」

「はじめまして、高瀬奈緒です」

私が追って告げると、なぜだかじろじろと観察された。値踏みするような目つきに戸惑うと、彼女が心なしか笑って尋ねる。

「ねえ、教えてくださらない？」

「なんでしょう？」

彼女を真似てなるべく上品に答えたつもり。

でも失礼があったのか、彼女は顔をみるみると歪ませる。突如、彼女は声をすこぶる低くした。

「あなたみたいな女に、なぜ神崎さんが惹かれたのかしら？　身体で奉仕《ほうし》したにしては、随分と貧相ですもの」

「なっ……」

なんて失礼な人なの！

身体が貧相なのは百も承知だ。けれど不躾な物言いをされ、私は苛立ちを隠せなかった。気が合わないならまだしも、初対面でこの態度はあり得ない。

身体で奉仕だなんて、神崎さんに失礼だわ。

彼への侮辱が最も許せず、私は負けじと彼女を睨めつける。

「私達のことは、あなたには関係ないです」

「あら、大人しそうな顔をして生意気な女ね！」

彼女は唇をわなわなと震わせて眉まで吊り上げた。激しい憎悪を滾らせた顔は般若のような恐ろしさだ。上品な皮を脱ぎ去った姿に私は目を見張る。

ええ――、これが本性⁉

隠れた正体を眼前にして、私はすっかり面食らった。

それを怯んだと思い違ったのか、彼女は勝ち誇った顔でふっと鼻を鳴らす。

「彼には上流階級の花嫁が相応しいの。『ブルーバード』の社長令嬢の私みたいなね。すぐにでも彼と別れるなら、使用人に雇ってあげるわよ」

ブルーバードって、業界最大手のアパレルメーカーじゃない。

ブルーバードは国内外に工場と関連会社を持ち、アパレルブランドが幾多にも及ぶ。経営陣は旧華族の城ヶ崎家だし、彼女は正真正銘《しょうしんしょうめい》のお嬢様なのだろう。

名家のお嬢様が、どうしてこんな態度を取るの？

なぜ彼女はこれほど必死なのか。理由はひとつしか思い至らなかった。

「彼が好きなんですか？」

彼女の答えがイエスなら、私の質問は非礼だ。こんな風にストレートに聞くべきじゃない。彼女の怒りを増長させるだけ。それを理解していても聞きたかった。私の直感が正しいなら、彼女の酷い態度を許したいと思ったから。

事情があるにせよ、私達の偽装婚約で傷つく人がいたんだ。

罪悪感が湧き上がっても、この場で嘘とは言えない。

それが申し訳なくて、私はいっそう心痛した。けれど、なぜか彼女はせせら笑う。

「随分と幼稚な考えね。彼は容姿も肩書もこの私に相応しいの。結婚相手には申し分ないのよ。それで別れる決心はついたのかしら？」

「嫌です。絶対に彼から離れません！」

こんな人がいるだなんて……信じられない。

怒りに心が震え、同情しかけた自分を張り倒したい気分だ。

もし彼女が彼を愛しているなら、すべてが終わった後で謝罪しよう。

そこまで考えたのが馬鹿らしい。彼女は煌びやかなアクセサリー程度にしか、彼を想っていなかった。

どこまで神崎さんを愚弄《ぐろう》するつもり？

私のことはまだいい。でも、彼を馬鹿にされたら黙っていられない。

「あなたに渡すくらいなら、スッポンになってでも彼を離しません！」

私が凄味を利かせると、彼女が青筋を立てた恐ろしい形相になる。次いで彼女は双眼に怒気を孕ませ、私の右腕を捻り上げた。

い、痛っ……。

私が苦悶するも、彼女はどこか楽しげな表情だ。

一旦置いて雑巾を絞るように腕を捻じられかけた、その時。

「一体、何をしている！」

咎める声色と共に、私達の真後ろから神崎さんが現れた。

彼女は直ちに私の腕を放し、バラが咲くかのように微笑する。

取り繕った笑みは完璧だ。近くにいた男性ゲストが釘づけになる。幾多の視線を頬に受けつつ、彼女はぬけぬけと白を切った。

「高瀬さんに伺っていたんですの。神崎さんに見初められるだなんて、どんな飛び抜けた才があるのかと思って」

ちらりと一瞥をくれた彼女は、私を十人並と判断した。

秀でた才がないのを承知の上で挑発している。反論したって負け犬の遠吠えだ。

悔しいけど、何も言い返せない。

私は思わず唇を噛み締めた。すると、神崎さんが毅然《きぜん》たる態度で言い放つ。

「奈緒には秀でた価値がある。互いを高め合える唯一《ゆいいつ》無二の存在。彼女がいなければ、いまの俺はない。惹かれるのは当然だ」

きつく断言され、彼女の顔が朱に染まる。瞬く間に憤怒《ふんど》を滾らせ、その表情を見せまいと足早でこの場を離れた。その姿が視界から消えるなり、私は不満を口にする。

「嘘はやめてください」

彼が現れなかったら、彼女と派手な喧嘩になっていた。

それは和やかな会場の破壊行為だし、あの程度で済んでよかったと思う。

冷静に対応した彼に感謝したい。でも、嘘はいけない。

「誰が嘘をついた？」

「神崎さんです。大ぼら吹きです」

飛び抜けた価値なんて、私にはないんだから……。

誇大《こだい》広告に使われたみたいで気分が悪い。けれど、嘘をつかせたのは他ならぬ私だ。

彼だって嘘はつきたくなかったはず。そう思ったら、神崎さんの顔が見られず、逃げるように視線を床に落とした。

辺りが楽しげな談笑に包まれる最中、ここはまるで別世界のよう。

沈黙が満ちて居たたまれなくなる。その矢先、神崎さんが静寂を破った。

「二年前の九月二十日。この日、何があったか覚えているか？」

「もちろんです」

記憶を辿らずとも分かる。その日は最高に嬉しい出来事があった。

その日、勤務先のレストランから休みを貰った私はフランスのパリにいた。

フレンチ界の巨匠、ガブリエル氏のレストランで学べる機会を得たからだ。

私は彼の大ファンで、日本から手紙を出しては学ばせて欲しいと懇願していた。

図々しい申し出でも、私には巨匠と知り合える伝手《つて》がない。返信がなくても、諦めきれずに手紙を送り続けた。

そうして年月が過ぎた頃、思いがけず返事が届いた。

嬉々として開けた封筒には手書きの料理レシピが一枚。

他にはメモ書きすらなく、彼の意図がさっぱり分からなかった。

しかし穴があくほどレシピを眺め、私は返事を書いた。生意気とは思ったものの、レシピの改善点を細かく綴ってだ。

後日、私は彼のレストランに招かれたのだった……。

どうして、この話を今更するんだろう?

神崎さんには何でも打ち明けた。ガブリエル氏の話もしてある。

急に話題を振られて不思議に思うと、彼が意外な事実を語った。

「実は、俺とガブリエル氏は交流がある。奈緒の弟子入りを頼もうとも考えたが、彼はそういった裏工作が嫌いだ。どうすることも出来なかった」

「ガブリエルさんと交流……そうでしたか」

意外な繋がりに驚く間もなく、彼は声を紡ぐ。

「彼への手紙は世界中から届く。だから彼は相手の素質をテストするんだ。返信がないとすぐに諦める者、レシピを褒め称えるだけでは不合格。情熱を失くし、味の追求をやめたら料理人は終わりだと」

神崎さんはそこで口を閉ざし、私の髪にそっと触れる。

大きな掌がつむじ辺りを行き来して、胸がジンッと喜びに打たれた。

『よく頑張った』

優しげな笑みが言葉よりも饒舌に訴える。真摯な瞳が私だけを見つめた。

「仕事で難局に立った時、困難を乗り切った奈緒を思い出す。何があっても、最後まで抗おうと思えた。いまの俺がいるのは、間違いなく奈緒のお蔭だ」

私は半人前で、まだ何も成し遂げてはいない。それでも神崎さんの役に立てた。

堪らなく嬉しくて目頭が熱くなる。歓喜の声が私の心を揺さぶり、彼の言葉を頭で反芻する。その間も彼は温かな眼差しを私に注ぎ、愛おしさが込み上げていった。

見つめ合うだけで、否応なしに胸が震える。それで気づいた。

私、神崎さんが好きなんだ。どうしよう、すごく好きみたい……。

偽りの許嫁の身でどうかしている。

でも、彼への想いは随分前から私の胸に宿っていた気がする。その感情を私はあえて無視した。知り合った当初から彼は謎めいていたから。

どれだけ親密になれても、彼は名前すら明かさない。事情があるとはいえ、壁を感じた時は数知れない。だから、私はこの想いに知らないふりをした。

報われない恋心を認めたくない。きっと、そんな臆病な気持ちもあった。

でも、これだけそばにいたら無理。想いが溢れて止まらない。

考えてしまう。演技でなく彼に心から想われたら、どれだけ幸せだろうと……。

想像だけで胸の高鳴りが禁じ得ない。鼓動が一段と打ち鳴った、その時。

激しい雷鳴が窓の外で轟いた。夜空を走る稲妻が視界に映り、強い衝撃が私を襲う。

ドクンッ――。

心臓が一際強く跳ね、頭の深部《しんぶ》に白い閃光《せんこう》が広がる。

瞬間、いつか見た夢の光景がありありと脳裏に蘇った。

そこは灯りがない薄暗い室内。幼い私は膝を抱いている。

窓を叩く雨音と鳴りやまない雷が怖い。それ以上に、ここから出られない現実が恐ろしかった。それでも希望は捨てない。大好きな彼が助けてくれるはずだから。

『助けてっ、……君』

仄暗い場所で私は膝を抱えて待ち続けた。

呼び続けた。一体〝誰〟を？

心に問いた時、「奈緒！」と強く肩を揺すられる。

それで意識が朦朧《もうろう》としているのに気づいた。

「神崎……さん？　すみません、頭がぼうっとして」

「謝らなくていい。少し横になろう」

力強く肩を抱かれ、私は覚束《おぼつか》ない足取りで歩き出す。

糸を縫うようにゲストの間をすり抜け、大広間を離れようとした。けれど行く手を阻む者が現れる、城ヶ崎さんだ。

彼女は神崎さんの腕にそっと手を添え、艶っぽく微笑する。

「どちらへ行かれるの？　皆さん、神崎さんのピアノを首を長くしてお待ちなのに」

「式典はこれで終わりだ」

彼は冷淡に告げて彼女の手を振り払う。冷たくあしらわれ、彼女の目に明確な敵意が宿った。彼女は存分に嫌味を込めて挑発的な態度に出る。

「恒例のピアノを弾かないだなんて、随分と彼女にご執心《しゅうしん》ですのね！」

わざわざ声を張ったのは周囲に知らしめる為だろう。

彼女の狙い通り、近くにいるゲストが何事かと騒ぎ出す。それでも神崎さんは退室を試みた。だから、その場で足を踏ん張って私が彼を止める。

「私は大丈夫です」

嘘だ。本当は倒れそうなくらい気分が悪い。いまも尚、心拍数は上昇中だ。

地響きのような雷鳴の恐ろしさに耳を塞ぎたい。それでも、一際強い声で訴える。

「務めを果たしてください」

神崎さんの足を引っ張りたくない。

譲らない意志が伝わったのか。彼はいっそう顔を歪め、周囲に視線を泳がせる。

それから数秒もせず、藤宮さんがこちらに駆けつけた。

「奈緒様は私にお任せください」

藤宮さんが頷くのに対して『任せたぞ』と神崎さんは目で応じる。

そうして意思の伝達をし終え、彼は毅然な振る舞いでこの場を離れた。

「奈緒ちゃん、別館に帰ろう。ここは空気が悪いからさ、誰かさんのせいでね」

藤宮さんは視線を横に投げ、ゾッとするほど冷たい眼差しを城ヶ崎さんに浴びせた。

それで彼女がそそくさと立ち去り、「行こう」と促す彼に頷き返す。

途中退席は失礼だけど、少し横になれば快方に向かうかもしれない。

ひとまず藤宮さんの提案に従い、私は弱々しい足取りで歩きかけた。

その時、美しいピアノの音色が私の足をその場に留める。誘われるまま視線を流せば、眩い照明を浴びた神崎さんを見つけた。

彼は滑らかなタッチで聴衆《ちょうしゅう》を魅入《みい》らせ、流麗《りゅうれい》なメロディをピアノに歌わせる。

それは雷鳴を消し去るような優しい音色。

誰かを想うようなこの曲のタイトルは分からない。

それなのに無性に血が騒ぐ。〝この音色を知っている〟。

心臓がそう言いたげに激しく打ち鳴る。刹那、記憶が滲み広がった。

美しい旋律《せんりつ》が私を導く。

ここではない、どこかへ。大好きだったあの場所へ。

そこは陽だまりに包まれたところ。

優しい音色は幼い私をいとも簡単に眠りへ誘う。

曲の終わりまで聴きたいのに、いつも途中で寝てしまう。

その日もソファで寝息を立てたら、不意に温もりが身体に落ちた。ピアノを弾き終えた彼の仕業だ。彼はいつも毛布をかけてくれる。それで私は目を覚ました。

『奈緒。またねんねしちゃった……。ごめんなさい』

『いいんだ。これは子守唄代わりだから』

『駄目！　じぇったい、最後まで聴く！』

私は頬を膨らませて怒りながら泣く。すると、彼は決まってこう言った。

「泣くな。また弾いてやるから」

彼の瞳が柔らかい弧を描く。しなやかな指が私の髪に触れる。

陽だまりに包まれた部屋、視界いっぱいに広がる笑顔、つむじに触れた温もり。

居心地のいい場所で、私は彼に抱きつく。

『遼真君、大好き！』

不意に、頭の奥で眩い光が弾けた。

「どう……して。なんで私はっ……」

胸が詰まって声が続かない。私は嗚咽を上げながらその場に崩れた。

その間も優しい旋律が新たな記憶を呼び起こす。下ろしたてのキャンバスに色を与えるように、色濃く鮮明に……。

大好きな人と見上げた空は澄みきった青。

ふたりで眺めた桜は薄ピンク。

可愛らしい新芽は生き生きとした緑。

ピアノを奏でる彼は、童話に登場する王子様みたいに素敵だった。

大好きな彼を真似て私もピアノを弾いた。

めちゃくちゃな音を出しては、そばで見守る彼に笑われる。

出会った頃、彼はいつも不機嫌そうだった。誰もが彼を気遣い、唯一の例外は私の父だ。

『遼真君は笑顔を忘れた魔法にかかったんだ。奈緒が笑わせてやれ』

父に命じられた私は、『助けてあげる！』と彼の脇をくすぐった。それを毎日やっていたら、何もせずとも彼が笑顔になった。

『奈緒ちゃんのお蔭だね』

彼の両親は私を褒めちぎった。彼の母親は嬉し涙まで零した。

それで分かった。彼の笑顔こそ魔法なのだと……。

『遼真君は王子様で、世界中の人を幸せにする魔法使いなのね！』

私が思うままに言ったら彼がまた笑顔になる。

彼が笑うと嬉しい。それだけで幸せだ、とても……。

ふたりで過ごした日々が走馬灯のように脳裏に蘇る。記憶が止め処なく溢れ出し、私の涙腺を刺激する。

そうする間に曲は終わり、鍵盤から手を離した彼が居ずまいを正した。

一拍置いた後、静まり返った広間に最初の一音が響く。

滑らかな指先の技巧から新たな曲のはじまりだ。

私はクラッシックに疎い。その私でも知っている難易度の高い名曲だ。

彼はこの曲をよく弾いていた。幼い私は巧みな指使いに驚いて、この曲だけは眠らずに聴けた。そして曲の最後に感動そのままに拍手をする。

加減を知らずに叩いた手は紅葉みたいに真っ赤だ。

そうすると、彼が決まって私の手を擦ってくれた。

『馬鹿だなあ、奈緒は』

父がいて、母がいて、彼がいる。

幸せな日々は永遠に続く気がしたのに、別れは唐突に訪れた。

それから年月を経て、彼とはSNS上で交流を深めていった。

世界中のどこにいても彼は必ず返事をくれた。

実際に会った彼は想像よりも優しくて、時々意地悪だ。

風邪を気合いで治そうとするし、おかしなところが多い。

真顔で言う冗談は分かり辛いし、俳優顔負けの演技力には翻弄される。

彼には様々な顔がある。だから『どれが本音なんだろう』と思ったりする。

でも、それは間違いだ。ここにいる彼も、私の記憶に生きる彼も、偽りなく全部が彼だ――。

「どうして私はっ……」

あれだけ優しい人を、大切な人を、どうして忘れたりしたのっ……。

せり上がる思いと共に涙が頬を伝い落ちる。熱いものが止め処《ど》なく溢れ出る。

でも濡れた頬をそのままにし、私は視界に彼だけを映した。

壮大《そうだい》な旋律に心打たれたのは、私だけじゃない。

感動に心打たれて、この場にいる人の心まで洗うかのよう。

本日のゲストは上流階級と呼ばれる人ばかり。故に、彼等を魅入らせる技は相当難儀だ。それを彼は難なくやってのける。

小鳥のさえずりが聞こえるような心地よさで。

難しい山場でも悪戯に小技を利かせて。

私が大好きな彼は優しくて強い。聴こえるこの音色のように。

やがて、演奏を終えた彼が椅子から立ち上がって一礼をする。

鳴りやまない拍手に包まれながら彼は歩を進めた。記憶のピースを手渡そうとするかのように、真っ直ぐに私の元へ……。

いつしか雷鳴は遠のいていた。私は抜け落ちた記憶の一部を取り戻した。

第六章　最愛

圧巻の演奏が終わり、式典は予定通りの時刻にお開きになる。

見事な演奏を聴き終えた後、私は心の落ち着きを取り戻した。神崎さんとふたりで、帰路に就こうとする客人の見送りに出た。

『無理はするな』って神崎さんに言われたけど、最後までやり遂げられてよかった。

彼がゲストと談笑する最中、私は天井高のホールを離れた。

神崎さんと話してる人が最後のゲストよね。

他に客人はいないだろうか。確認の為に大広間に戻ると、そこには厨房を共にした仲間がいた。

彼等は私の姿を見るなり、明るい笑顔を弾かせる。

「これから打ち上げなんですよ。一緒にどうですか?」

へえ、打ち上げかあ。

懐かしい音色が引き金になり、私は過去の記憶が蘇った。

それについて神崎さんと話す必要がある。とはいえ、誘いを無下にするのも悪い気がした。

皆にはお世話になったし、少しだけでも顔を出した方がいいかな。

しばし思い悩むと、「なりません！」と女性の厳しい叱責が大広間に轟く。

声を上げたのは雅さんだ。突如、廊下から現れた彼女は彼等の前に出た。

「くだらない打ち上げはおやめください！」

不快な態度を露わにされ、皆は恐縮そうに瞳を陰らせた。彼等の面持ちから笑みが消え、さすがに許容は出来なかった。

「雅さん、そんな言い方はやめてください」

「それほど打ち上げが大事ですか？　だとしたら……」

雅さんは焦らすように声を止め、一旦の後に私の耳元で囁いた。

「初夜の務めは私が果たさねばなりませんね」

覚悟を秘めた囁きに私は息を呑む。

雅さん、本気なの？

きっぱりと断言した彼女はこの場を立ち去り、その露骨な挑発に私は呆然となる。

なんで……、どうして雅さんが二番目の許嫁なの？

私が許嫁になったのは事故みたいなもの。幼い私がダダをこねたせい。

その一方、彼女はなぜ選ばれたのか分からない。それが正体不明の凶器となって私を襲った。

彼女はこの家を取り仕切る総執事だ。加えていまは神崎さんの秘書まで務める。彼女の懇願とはいえ、全幅の信頼があるから彼はそばに置いたのだと思う。

本当に信頼してるだけ？　それ以上の想いがあったら？　あの時、神崎さんは何を話そうとしたの？

ふたりで桜を眺めた日、彼が何かを言いかけた。

藤宮さんの登場で遮られたが、深刻な表情からきっと大事な話だ。

『奈緒、俺はお前を妹のように想ってきた。その気持ちは……』

これからも変わらない……そう続けようとしていたの？

導かれた答えに胸が裂かれるように痛い。

呼吸さえままならずに膝が折れかけると、「奈緒！」と鋭い声が飛ぶ。唐突に呼ばれて我に返ると、いつの間にか神崎さんがいた。

「顔色が悪いな。そろそろ部屋に戻ろう」

彼は目を細めて気遣う面持ちで私の肩を抱く。

その様子は愛する女性を労わる婚約者のよう。彼の振る舞いは完璧で、それがより私の胸を締めつける。人前だと忘れて感情を吐露させた。

「ごめんなさい。私……、これ以上は無理です」

俯きがちの告白に誰かが息を呑んだ。それが誰であろうとどうでもいい。感情がない交ぜになり、私は無我夢中で本館を走り去る。

おぼろげな記憶だが、幼い頃の私は神崎さんが大好きだった。多分、初恋だった。

彼を独占したくて許嫁選びの場に飛び出した。彼には心に決めた人がいたかもしれないのに……。

神崎さんは優しいから、幼い私を拒めなかっただけ。

昔からいまも尚、私は彼を困らせてばかりだ。

藤宮さんの調査に進展がなければ、このまま彼のそばにいられる。

でも、それは幸せの道じゃない。彼が愛を装う度に、私は身を裂かれる思いに駆られるだろう。

私が婚約を言い出したのに、どれだけ勝手なの？

誰に頼まれたわけじゃない。私がこの状況を作った。

自分の愚かさに泣きたくなりながら、どうにか別館に帰り着く。

玄関の三和土で履物を脱ぎ、途端に顔を顰めた。草履《ぞうり》の鼻緒が擦れたらしく足袋に

は血が滲んでいる

無理に走ったりしたからだ、本当に私って……。

「馬鹿な真似をするな、まったく」

自虐的な心の呟きに誰かが賛同した。顔を見ずとも分かる、神崎さんだ。

そろりと背を振り返ると、荒い息遣いの彼がその場に跪く。

「傷の手当をしよう」

「これくらい大丈夫です」

「俺が無理だ」

強い声音で言い切られ、トクンッと心臓が跳ねる。

真摯な表情から優しさを感じて、嬉しいのに胸が痛い。

やっぱり神崎さんとは一緒にいられない。偽装婚約は続けても同棲生活は解消しよう。

これ以上優しくされたら、心から愛されていると錯覚しそうだ。

そうなる前に彼と距離を取った方がいい。婚約発表は無事に終わった。だから、この家を離れても大事にはならない。もし騒ぎ立てる住民がいたら、その時に新たな策を講じればいい。

ひとまず実家に帰ろう。それが一番だよね。

私が心に誓う一方、彼は玄関を上がって給仕室へ向かった。

そこには応急手当の出来る薬箱がある。ここに住みはじめた当初、メイドから聞いた話を彼も知っていそうだ。もしかしたら薬箱の用意は彼の指示かもしれない。

それほど待たずに彼は木箱を抱えて戻った。そして私の右足から足袋を抜き取る。

「無茶をするのは昔と同じだな」

「お転婆だったんですね。私が子供の頃も手当をしてくれたんですか？」

声色に懐かしみを感じて、つい話に乗ってしまった。

彼は目尻を僅かに下げて首を縦に振る。次いで私の傷口に息を吹きつけた。温かい息が肌を掠めて、たちまちに赤面してしまう。

「じ、自分でやります！」

どうしようもなく鼓動が速まって私は声を張る。薬箱の絆創膏を探して、見つけたそれを傷口に貼りつけた。

彼にそんな気はなくても心がかき乱される。いまの私はきっと頬が桃色だ。

彼に気づかれる前に早足で自室に向かう。そして目についた光景に、私の顔は赤みを増した。

自室にはすでに布団の用意がある。メイドの誰かが準備したのか、ひと組の敷布団にふたつの枕が寄り添っていた。

そっか。しきたりに従うなら、一夜を過ごさなきゃいけないから……。

用意周到に色違いの浴衣まで揃い、私は布団の傍らで目を伏せる。すると、静かな声が私の背中に届いた。

「馬鹿なしきたりにつき合わせて、すまない。奈緒が嫌がるのも無理はないな」

「違うんです。このままだと私が……」

擦り切れそうな声を情けなく思う。

こんな態度を取ったら私の心は透けてしまう。

それでも彼の瞳を真っ直ぐに見つめた。溢れる想いは止まらない。たとえ拒絶されても、はじめて好きになった人に伝えたかった。

「神崎さんをもっと好きになって、離れられなくなるのが怖いんです」

想いを発露した瞬間、彼の瞳が明らかに揺れる。見つめ合う一瞬、彼の右手が私の顎をすくい、追って非の打ちどころのない美麗な顔が傾いた。

えっ……これって……。

唇に柔らかなものがぶつかり、それがキスだと気づくのに数秒かかる。

私が息を呑むと、瞳の虹彩《こうさい》が分かるほどの距離から彼が囁いた。

「好きなのに、なぜ離れようとする？　おかしな奴だな」

「それは……、妹としか見られてないからで……」

「俺はそんな風に思ってない」

「ほ、本当ですか？」

驚愕で二の句が継げないと、代わりに彼が明瞭に告げる。

「奈緒さえよければ、正式な許嫁になって欲しいと思っていた。理人の邪魔がなければ、桜の前で告白出来たんだが」

あの時……、そんなことを思っていたの？

紡がれた言葉に動悸が鎮まらない。

身体から力が抜けていき、私はその場に崩れ落ちた。情けなくへたり込んだ私を追って、神崎さんも布団の上に膝をつく。

視線が合うだけで言い知れない至福が私の胸を温める。漆黒の双眸に私を閉じ込めたまま、彼が優しく尋ねた。

「誤解が解けたなら返事が欲しい。奈緒、俺の願いを叶えてくれるか？」

「はい」

この先誰と出会おうとも彼以上に想える人はいない。

迷いなく頷くと、伏し目がちの彼に再度口づけをされた。

唇をそっと重ねて、見つめ合って。息継ぎの度にソフトなタッチで唇を啄まれる。

キスの雨は降りやまず一刻と共に甘さが増していった。

「奈緒、どこへも行くな。このまま俺のそばにいてくれ」

心からの懇願に胸が喜びに打たれる。声にもならず首を縦に振ると、逞しい腕が私の背中にまわった。

「結婚は奈緒としか考えられない。お前と結ばれないなら、この血が途絶えてもいいとさえ思った。だが、生涯を共にしてくれるなら全身全霊でお前を守る。必ず……」

鼓膜まで響いた誓いに身も心も震える。

理性的で心が清らかで、これほど素敵な人はいない。

抱かれる腕が緩み、優しい色を帯びた瞳が私を捉えた。甘く唇を食まれて、次第に情熱的に乞われる。舌先を絡ませる濃密なキスは私の口内を愛撫するかのよう。

愛を伝える口づけは神聖でどこまでも温かい。彼に従順になって、されるがままになっていった。

神崎さんが好き……このまままずっと離れたくない……。

思うままに広い背中にしがみつくと、しなやかな手が私の髪をまさぐった。

純白なシーツの上で深く抱き合い、彼はいっそう激しく私を征服する。私の口蓋を舐め取り、甘美な水音を辺りにまき散らす。

やがて口づけは私の耳朶に移り、首筋を滑らかに伝い落ちていった。

「っ……あん」

手練手管《てれんてくだ》に暴かれて否応なしに嬌声《きょうせい》が出た。着物をたくし上げられ、思わず身を固める。そこで神崎さんがハッと息を呑んだ。

「すまない、暴走した」

「大丈夫です。その、やめないで……ください。このまま私と……」

切れ切れながらも伝えたのは本心だ。

こんな風に誰かを求めたことはない。

自分の大胆さに驚くし、羞恥で顔は真っ赤だろう。

それでも真摯な愛を捧げられ、私も心のままに想いを届けたかった。

何もしなければ彼は部屋を出る。それは堪らなく嫌だ。一秒でも長くそばにいたい
……。

もしかして、はしたない女だと思われた？

素直な想いを伝えたつもりでも、今更ながら不安になる。

静寂がやけに長く感じて、私は恐々と尋ねた。

「あの、駄目……でしょうか？」

「駄目だ」

一分の迷いもなく彼は言い捨てる。心を通わせたと思ったら、一瞬で嫌われた。

ズキッと胸が抉《えぐ》られる私を余所に、彼は灼けつきそうな瞳を向けてきた。

「すまない。夜通し愛し合いたいのが本音だが、この部屋は跡継ぎ儀式の為で諸々の準備が足りないんだ」

ここのメイドは優秀だ。食事の支度から寝具の準備まで、その仕事ぶりは見事だと思う。室内を見渡しても不足はなく私は首を傾げた。

諸々の準備？　普段と違う何かが必要だとか？

なぜか言葉を濁されたようで、じっと神崎さんを見据える。

ふたりの視線が重なる瞬間、彼が言わんとすることを理解した。

そ、そっか。今夜は跡継ぎを作る儀式だった……。

性交に避妊《ひにん》具《ぐ》は必須だが、子供を授かりたい場合は違う。

遠い昔、戦国時代の当主は十代で正室を迎えた。神崎家の次期当主が十歳で許嫁を決めるのも、その習わしが形を変えて残っているからだ。

神崎さんは私を守る為に一族のしきたりに背いた。

彼の優しさが身に染みて嬉しい。同時に、このままじゃ駄目だと感じた。

「準備は足りています。しきたりに従いましょう」

「だが……」

「いつまでも守られるだけじゃ嫌です」

覚悟を眼差しに乗せても尚、神崎さんは私を気遣う。

優しい配慮を嬉しく思いつつ、向き合う彼にそっと口づけをした。唇を掠めたキスは束の間でも気恥ずかしい。頬がより熱くなると、間近にいる彼が自身の口元を手で覆う。

「そんなに可愛く誘うな。俺はいま余裕がない。いまにも理性が飛んで、狂ったように抱きたくなる……それでもいいのか？」

彼の瞳が情欲に濡れて見えた。その瞳に射貫かれて心臓が飛び跳ねる。

そんなにすごいことになるの？　どうしよう、でも……。

「平気です。どんな神崎さんでも大好きです」

偽りのない言葉を届けると、彼が目尻を下げながらキスをくれる。

何度目か知れない口づけは、羽毛に包まれたような心地よさ。骨ばった指に髪を梳かれ、もう片方の左手で背中を抱かれる。逞しい腕に包まれて、私は汚れのないシーツに組み敷かれた。

狂うとまで予告したのに、彼は宝物のように私を大事に扱う。濃厚なキスで私を酔わせ、甘美な豪雨を降らせていった。

「はっ……あぁ……」

いつの間にか私の着物は淫らにはだけていた。

神崎さんは瞳に熱情《ねつじょう》を宿し、私の双丘を愛撫する。主張した胸の頂《いただ》きを食《は》み、甘く舐め取り、秘部を甘美に解していく。

やまない刺激に身体の深部が蕩《とろ》けそう。身体が徐々に潤んで恥ずかしい。これが自然現象でも自分じゃないみたいだ。

どうしよう、恥ずかしい……。

せめて喘ぎは抑えようと唇を噛む。でも、それも叶わない。

彼はその胸中を容易に見透かし、より官能的に私を堪能した。

「神崎さ……もうっ……」

激しい愛撫に導かれて意識が混濁する。

一体どれだけ快楽を刻まれたのか、真っ白な閃光が頭で弾けた。身体が弓なりに仰け反って疾走後のように肩で息をする。

自分の身に何が起きたのか、理解出来ないほど子供じゃない。

火照った顔を両手で隠すと、髪に柔らかいものが落ちてくる。きっとキスの雨を降らせた彼の唇だ。

「奈緒、恥ずかしがるな。もっと俺を感じて、すべてを捧げてくれ」

焦がれた声に誘われ、私はそっと顔から手を外す。一糸纏わぬ姿が視界に入り、コクッと喉を鳴らした。

逞しい身体は美術館の彫刻のように完璧だ。

色気を纏う肉体美に見惚れると、熱が籠った瞳に射貫かれる。

「奈緒、愛してる。俺はすっかりお前の虜だ」

「私も……、その……愛してまっ……」

言い慣れない言葉に恥じらうと、彼が蠱惑《こわく》的な眼差しで私の唇を奪った。

そして愛し尽くされた身体に熱い漲《みなぎ》りが侵入する。滑らかな抽挿《ちゅうそう》は思いのほか痛みがなく、快楽の波に呑まれていった。

「はあ、奈緒、綺麗だ……」

「あ……ああ……神崎さっ――」

彼は恍惚の瞳で見つめる間も、私を一心不乱により深く愛した。汗ばむ身体を重ねて、心まですべて彼に捧げていった。


小鳥のさえずりに似たアラームが、いつものように朝を伝える。

けたたましい音を止めようと試みた。でも、私よりも先に誰かの手が時計に伸びる。

そっか。私、神崎さんと……。

ちらりと視線を横にずらせば、愛おしい彼がいる。

彼とは空が白むまで抱き合った。夢じゃない。

気だるげな身体が明白な事実だと訴えている。

昨晩、余裕がないと宣言されたのに彼は優しかった。私の意識が飛ぶほど献身的に愛し、その行為は汗を流しに向かった浴室でも続いた。

『俺のそばにいろと言ったはずだ』

神崎さんが眠りにつくのを待って部屋を出たつもりだった。

しかし彼は寝たふりをしていたらしく、湯を張った浴槽で存分に愛された。

そんな最愛の彼は濃紺の浴衣姿だ。見れば私も色違いの浴衣を身に着けている。着替えた記憶はないし、布団に頬杖をつく彼の親切だろう。

それにしても男女の営みって、あんなに激しいものなんだな。

彼とは時間をかけて愛し合い、私は何度も果てた。生々しい記憶を辿って頬を染めると、彼が魅惑的に微笑む。

「どうした？　可愛い顔が赤くなってるぞ」

「か、可愛くなんか……ないです」

「ああ、そうだな。奈緒は可愛くて、綺麗で、癖になるほど美味《びみ》だ」

神崎さんは思いのままに私を惑わし、唇を吸い上げる。

浴衣越しに身体を密着させて、しなやかな指で私の髪を梳いた。朝一番の触れ合いは短めに終わり、私を腕に囲んだまま彼が笑う。

「やはり、もう少し寝ていろ」

「どうしてですか？」

「寝ている奈緒を存分に愛でたい」

彼はゲストをもてなしたスイーツよりも甘い言葉で、私の胸をときめかせる。

「んっ……」

柔らかく唇を食まれて舌先を絡ませて、吐息ごと奪うキスにすぐに酔いしれる。太腿を絡めながら、彼が至近距離から私を見つめた。

「嫌いになったか？」

「分かってて聞くのは意地悪です」

恨みがましく零すと、神崎さんが口元に微笑を湛えた。

何をされても嫌いになれない。それくらい彼しか見えない。一緒に過ごした過去を思い出し、より想いは深まった気がした。

そうだ、神崎さんにあの話をしないと。

彼のピアノが眠った記憶の一部を呼び起こした。それを伝えたい。

まずは上体を起こし、居ずまいを整えてから膝を合わせる。

「お話があります」

唐突に切り出しても、神崎さんは顔色ひとつ変えない。

昨晩の式典で私は泣きじゃくっていたし、その様子から察していたのだろう。

私と向き合う形で彼も胡坐をかく。そうして私はぽつぽつと語りはじめた……。

四歳の頃、私は両親と共にこの別館で暮らした。

ここの使用人は私達に優しくて、『お姉ちゃん』と慕う雅さんも見かけた気がする。

おぼろげな記憶でも神崎邸での暮らしは充実していた。しかし、ある日を境に一変する。

神崎邸の近隣には、木々が覆い茂った森があった。

『ひとりで森には行っては駄目だよ』

大人から注意を受けていたのに、私は冒険心からひとりで森に向かう。

そこで、ひっそりと佇む小屋と出会った。古びたドアには鍵がなく、誘われた気がして足を踏み入れたのが間違いだ。

興味津々に室内を探索する最中、私の背後でドアが閉まった。

『嫌っ、ここから出して！』

どれだけ叩いても、必死に押してもドアは開かない。

心細さに漂う空気まで重く感じてきた頃、激しい雷鳴が外で轟いた。近くで落雷があったのか、室内の明かりまで失って完全な闇が完成する。

『誰か助けて……、助けて、遼真く……ん』

どれだけ叫んでも誰にも届かない。随分と長い時間、私は涙のシミを床に広げて泣き続けた。

私は時折声を詰まらせ、当時の出来事を語り終える。

息を吐いて、心に根づいた恐怖を吐き出す。そこで神崎さんが瞳を陰らせた。

「あの小屋は防災用の備蓄倉庫だ。あの日、俺が発見した奈緒は怯えきっていた。誰かがドアと床の隙間に枝木を差し込み、奈緒を閉じ込めたんだ。同時に中傷のビラまでばらまかれた。同一人物の犯行だろうが、誰の仕業かは未だに不明だ。すまない……」

彼が苦しげに顔を歪め、私は大袈裟なくらい首を横に振る。

「謝らないでください。助けてくれてありがとうございました。実は、すべてを思い出したわけじゃないんです。ここから先は全然覚えていなくて」

「奈緒は閉じ込められた恐怖で雷を怖がり、悪夢を見るようになった。環境を変えれば改善するかもと医師に言われ、俺は奈緒との許嫁関係を解消した。それで奈緒達家族も神崎家を出ていったんだ」

この先の話は母にも聞いていた。

嫌がらせに遭った私を案じて、少年だった神崎さんは願い出た。

『ここでの生活は忘れてください』

それ以来、私の両親は神崎の名を口にしなかった。神崎家で過ごした三ヶ月は幻のように扱われ、私はここでの暮らしを忘れたという。

そこまで話を聞き終えて、私は我慢出来ずに口を挟む。

「神崎さんが名前を隠したのは、この件が原因なんですね」

「ああ。奈緒は神崎邸を離れて悪夢を見なくなった。ここでの体験がトラウマなら、神崎と名乗るわけにはいかない。すべての原因は、奈緒を許嫁に選んだ俺にある」

突如、神崎さんは頭を下げて両手を畳につく。許しを請《こ》う姿を眼前にし、私の胸は裂かれるように痛んだ。

「やめてください。神崎さ……、遼真君は悪くないです」

これ以上罪悪感を抱かないで欲しい。彼を苦しみから解放したい。

その一心で昔のように呼ぶと、私の思いを汲んだのか彼が薄く笑う。

「前から思っていたが、許嫁で苗字呼びは不自然だな」

「それじゃあ遼真さんと呼ぶのは、どうでしょう？」

「ああ、それがいい」

彼の眼差しに熱が籠り、甘く唇を噛まれる。同時に、線を引くように背中もしなやかになぞられ、堪らず淡い息が漏れた。

「んっ……神崎さん。そろそろ朝ごはんの時間が……」

「元に戻っているぞ。おしおきだな」

彼にはどうやっても抗えない。鎖骨に口づけが落ち、官能的な愛撫がはじまる。浴衣をはだけさせ、乞われるままに愛を注がれていった。


遼真さんと想いが通じ合い、二ヶ月の時が流れた。

毎夜抱き合う彼はいま、仕事でラスベガスにいる。

二週間ほどの出張とはいえ、彼に会えないのはすごく寂しい。

それは私だけじゃないらしく、出張の前夜は散々愛された。それこそ汗に濡れた肉体美を思い出せるほどに……。

もうっ、外出先で何を考えているんだろう。

パウダールームは化粧直しをする場所だ。その鏡越しで不埒な自分を叱り飛ばした。

最愛の人と相思相愛で幸せとはいえ、外出先でまでニヤつくのはいけない。

緩みっぱなしの頬を両手で叩き、それからプレストパウダーを乗せていく。

七月の下旬、私は横浜のホテルに足を運んでいた。すぐそばのホールでは高校の同窓会が開催中だった。

美しい夜景を望めるこのホテルは『帝リゾート・横浜ホテル』。

ここは偶然にも、式典で厨房を共にした仲間の職場だった。実家に届いた同窓会の知らせを母から貰った時、思わぬ巡り合わせに私は驚いた。

同窓会のついでに、レストランに顔を出してみようかな。

ふとそんなことを思うも、やめておこうと考え直す。

皆は仕事中だし、職場に押しかけるのは迷惑だ。

化粧道具をバッグにしまい、私はパウダールームを後にした。すると廊下で赤らんだ顔の男性とすれ違う。強烈なアルコール臭を放つ彼は『幹事』の名札を胸につけていた。

「あれえ、ひょっとして高瀬か？　お前、綺麗になったなあ」

「あ、ありがとう」

見るからに酩酊《めいてい》状態の彼は同窓会の主催者だ。

酔っ払いの世辞を聞き流すと、彼が声を潜めて言った。

「ここだけの話だけど、今夜の同窓会って相馬《そうま》に頼まれたから開催したんだ。『高瀬は来るのか？』って何度も連絡があってさ。お前に会いたそうだったぜ」

「相馬君が私を？　誰かと勘違いしてない？」

得意そうに語られても納得がいかない。

話題に出た相馬君は高校三年時のクラスメイトだ。

当時、彼は雑誌の読者モデルをしていた。所謂《いわゆる》スクールカーストの上位層で、女子からの人気も抜群だ。それだけモテた彼に言い寄られた覚えはない。

相馬君に会いたい人がいたって、私のわけがないよ。

そう信じて疑わないのに、幹事の彼は真顔で否定する。

「高瀬で間違いないって！　同窓会の会場だって相馬が取ってくれたしな……って、噂をすれば。おーい、相馬！」

突如、幹事の彼は声高に叫ぶ。

そこにはエレベーターから降りたばかりの男性がいた。

ビクッと目を見張り、驚愕を顔に張った彼には見覚えがある。

その場に立ち竦む彼は確かに相馬君だ。スパイラルパーマをかけた髪は流行りのスタイルで、流行に敏感だった当時の彼を想起した。

「相馬の奴、お前を見て驚いてるぞ！　美人になったとか思ってそうだな」

「そんなわけないって。同窓会の会場では『変わらないね』って意見が多かったから」

でも確かに、私を見て驚いてるような？

手を振って否定しながらも、相馬君の態度は腑に落ちない。

じっと視線を注がれる理由も分からず、私は首を捻った。その時、バシッと幹事の彼に背中を叩かれる。

不意打ちの痛みに顔を顰めると、彼がニヤリと笑った。

「それじゃあ、相馬と上手くやれよ！」

「えっ、ちょっと……」

唐突に両手で背中を押され、私は前のめりになった。よろっと体勢を崩すと、こちらに駆けつけた相馬君に抱き留められる。

「大丈夫か？」

「ありがとう。相馬君、久しぶりだね」

「ああ。高瀬、本当に来たんだ……」

気のせいかもしれない。でも、彼の声に何か含みを感じた。

本当に、私に会いたかったの？

私は当惑しながら幹事の彼に視線を流す。けれど『お邪魔虫は消えるわ』と言いたげな顔で、彼はそそくさとこの場を去った。その間も相馬君は私を見据えたままだ。

痛いくらいの視線を受けて私は困り果てた。

本当に好意を持たれてる？　もしそうなら、はっきり伝えなきゃ。

卒業以来、相馬君とは一度も会っていない。

もし同窓会をきっかけに何かを期待されても、その気持ちには応えられない。誰に想われたって私の心は変わらないから。

「あの、私……」

軽い気持ちなのか、それとも本気なのか。

どちらとも知らないが、偽りのない胸の内を伝えようとする。けれど……。

「うっ……」

不意に、私は吐き気をもよおす。消化器官がおかしくなったのか、口にした料理が身体を逆流しそうで口を手で覆った。

「高瀬、大丈夫か⁉」

「ちょっと……気分が悪くて」

「それじゃあ……どこかで休んだ方がいいな。横になれば楽になるかもしれないし」

恋人の存在を打ち明けようとしたのに、それどころじゃない。

あまりの体調の悪さに彼の肩を借りて休む場所を探すことにする。

急にどうしたんだろう……悪い物でも食べちゃった？

私は身体が丈夫で滅多に風邪すら引かない。

具合が悪い時は、欲張りに食べすぎたりと明確な理由がある。だから脂汗が浮くほどの体調不良は、ここ最近では記憶になかった。

これだけ具合が悪いのって、一時期生理が重くなった時以来だ。あれ？　今月はまだ来てないような……。

私の月経周期は正確だ。それが、今月は予定よりも一週間以上も遅れている。

もしかして……妊娠してるの？

そうだとしたら子供の父親は遼真さんだ。

式典の夜、心を通わせた彼にはじめて抱かれた。その翌日、私達は正式に婚約した。

彼の両親と私の母は私達の報告を祝福し、藤宮さんにはお祝いのケーキをご馳走になった。

遼真さんとはまだ籍を入れてない。彼の仕事が落ち着いた頃に挙式するつもりでいる。それでも私達は避妊をせずに愛し合っていた。

神崎の分家は本家の血が途絶えるのを恐れている。

その事情はメイドの噂話で知っていたし、早々に跡継ぎが出来れば分家も安心する。

加えて、私自身も母になりたい気持ちがあったから。
私の赤ちゃん……そこにいるの？
そっと下腹部に手を当てて、私は心の声で尋ねる。
熱っぽさの症状に襲われながら異国にいる彼に思いを馳せた。

第七章　祝福

数日後、遼真さんは出張の予定を変更して日本に戻った。

『時間が出来たから一日だけ帰る』

そう連絡を寄越した彼を出迎えるなり、玄関の三和土で抱き締められた。

「奈緒、会いたかった」

「私もです」

イタリア製の高級スーツに顔を埋め、広い背中にしがみつく。彼の香りが鼻腔を掠め、会いたくて泣き腫らした心が癒されるのを実感した。

熱い息が唇にかかり、彼が甘い口づけを捧げにくる。

キスの最中でも彼は紳士的だ。決して欲をぶつけず、不慣れな私を気遣ってくれる。

こんな彼だから愛おしい。もっと彼を感じたい。

彼は愛に溢れたキスで私の口内を甘く占領する。何とか舌先で応えようと、最初はおずおずと遠慮がちに、次第に水音を立てる口づけに没頭していった。

やがて濡れそぼった唇が離れ、間近で彼がそっと告げる。

「これから匠《たくみ》さんに会いに行かないか？」

彼が告げた『匠さん』は私の父の名だ。今日は父の月命日だった。

逞しい腕に囲われてコクリと頷く。差し伸べられた手を掴み、私達は外に出た。

月命日を思い出して、わざわざ帰国してくれたのかな？

不思議に思いながら、ふたりで本館のロータリーに向かう。

そこには顔なじみのドライバーが高級セダンの運転席に待機していた。ドライバーの運転で墓地に着くと、彼は最短距離で父の元へ向かう。

父が眠る場所は街並みを一望出来る高台だ。

遼真さんは瞼を閉じて墓前で手を合わせた。時間にすると随分と長く、父と語り合ったと思う。

ちょっとだけ寒くなってきたかも……。

今年は冷夏なのか、七月下旬でも今日は気温が低い。

涼しい風に煽られて私はぶるっと身震いした。それを察して彼はおもむろに立ち上がる。自身のジャケットを脱いで私の肩にかけてくれた。

「これを着ていいぞ」

「ありがとうございます。でも、遼真さんは大丈夫ですか？」

「奈緒とは鍛え方が違う。そろそろ行くか」

彼は微笑を湛えて私の肩を抱く。そのまま彼と寄り添い駐車場へと向かった。その道すがら、私は思わず声を張った。

「ああ、いけない！」

「どうした？」

「いえ、なんでもなかったです」

首を左右に振って誤魔化すも、胸中では自分を叱り飛ばす。

馬鹿馬鹿、お父さんに妊娠のことを報告し忘れるなんて！

私のお腹には赤ちゃんがいる。ただいま妊娠五週目だ。

同窓会に出席した翌日、神崎邸から遠く離れた病院でその診断が下された。

妊娠の事実は私と主治医しか知らない。まだ誰にも話してない。都内の病院まで足を運んだのは、どんな結果にせよ内密にしたかったからだ。

神崎家の地元にも婦人科がある。

でも、私が通えばその噂はたちまちに広がる。もし神崎邸のメイドが小耳に挟んだら、出張中の彼に知られてしまう。それだけは避けたい。これほど大事な話は直接伝えたいと思っていたから……。

遼真さん、驚くだろうなあ。

妊娠を告げたら彼はどんな顔をするだろう。

想像しては密かに顔を綻ばせる。すると、私の手を引く遼真さんが歩みを止めた。そばの公園に視線を滑らせて、彼はぽつりと零す。

「そこの公園に寄って行こう」

誘われた公園はもの寂しい場所だ。遊具は滑り台だけで、他にはベンチしか見当たらない。彼が童心に帰って遊びたいとも思えず、突飛な提案を不思議に感じた。

突然、どうしたんだろう？

誰もいない公園に足を向けながら、私はただただ首を捻る。古びた木製のベンチに並んで腰かけ、ふたりで眼下の景色を眺めた。

遠くには港があり、いまにもクルーズ船が出港しそうだ。大海原に出かける客船から視線を外し、隣の彼にやんわりと尋ねた。

「さっき、私の父とどんな話をしていたんですか？」

聞いてはみたが、特別知りたいわけでもなかった。

やたらと押し黙る彼が気になっただけ。ちらりと窺った彼は苦悩するようにも見え、私の心臓は嫌なリズムを刻んでいった。

どうして、何も言ってくれないの？

沈黙が痛くて、私は視線を膝に落とす。すると温かな掌が私の右手を包んだ。

彼はいつだってそう。私の心に不安が棲みつくと手を差し伸べる。臆病な心を見透かして進むべき道を照らしてくれた。

こうして触れ合うだけで幸せをありありと実感する。

これほど愛せる人はいない。彼の子を身籠《みごも》れて心から幸せだ。

言いようのない想いに胸が震えると、彼が指をしっかりと絡ませてきた。僅かな隙間を埋めるような仕草が嬉しい。私の目線が自然と上を向く。

彼を仰ぎ見た瞬間、優しげな瞳と視線が絡まる。静かな声が風に乗って届いた。

「匠さんに報告をしたんだ。今夜、お嬢さんと籍を入れますと」

予想だにしない言葉に、私は目を瞬かせた。

「籍を入れるのは挙式の後でって話でしたよね？　早くても来年のはずじゃあ……」

「俺が暇になるのを待っていたら先送りになるだけだ。やはり奈緒とは一日でも早く家族になりたい。その為に帰国したんだ」

「あ、あの……どうして知ってるんですか？」

彼の申し出はあまりにも唐突だ。きっと身籠りの事実を知っている。

あれだけ用心したのに、どこから情報が漏れたの？

私が戸惑いを露わにすると、彼が眉間に皺を刻む怪訝な顔になった。

「何をだ？」

「私の妊娠です。一体……誰から……聞いたんですか？」

尋ねる声が徐々に切れ切れになる。それは、彼が目を剥いたまま絶句したせい。

遼真さんは如何なる時も冷静沈着だ。その彼が電池切れの玩具のごとく、瞬きすらしない。数秒の後、彼は首をゆるりと左右に振った。

「誰にも聞いてない。間違いないんだな？」

「妊娠五週目だと病院で診断されました。てっきり、私の妊娠を知って籍を入れるのかと思っちゃいました」

「ただの偶然だ。しかし驚いたな。あのお転婆だった奈緒が母になるとは」

遼真さんが実感を込めてしみじみと語るから、私はクスッと笑みを零す。

「それなら遼真さんだって父親になるんですよ？」

「ああ、そうか……。そうだな」

しっかりと頷いた彼の双眸がきらりと輝く。切れ長の瞳には薄い涙の膜が張られ、それを見せまいと端整な顔が斜めに傾いた。

漆黒の瞳に私だけが映り、愛おしさを積もらせるキスが唇に落ちる。

直に彼を感じてもどこか夢現だ。それくらい数ヶ月前といまの状況は異なっていた。

舌を絡ませて愛を注ぐ彼は、私の不安を簡単に見透かす。

私の髪に手をくぐらせて、より熱い口づけを捧げた。

ああ、本当に夢じゃないのね……。

やまないキスの雨に胸を高鳴らせ、息継ぎの度に見つめ合う。

「奈緒……」

「遼真さん……」

心ごと慈しむキスはこれが現実だと知らしめた。彼はその仕上げとばかりに、疑いようのない証拠まで見せつける。

「奈緒、左手を見ろ。どんなデザインがいいか散々迷ったら遅くなって、すまない」

長いキスの終着に彼は微笑する。従うや否や、私はハッと息を呑んだ。

若干重く感じた薬指には、知らずとダイヤの指輪がはまっている。燦々と輝く光に目が眩むと、彼が真摯な眼差しを私に向けた。

「俺が必ずふたりを幸せにする」

覚悟を込めた声が静寂に解けていく。

あまりの嬉しさに声を失くすと、彼が幸せの証に口づけする。恭しく愛を伝えられ、全身が震えるほどの喜びに打たれた。

「俺の奥さんは泣き虫だな」

感情が溢れて涙が止まらない。

彼はそれを冷やかしながらも、優しいキスで私の涙を拭う。逞しい腕に抱きすくめられ、いっそう涙が止まらなくなった。

「だって……遼真さんのせい……です」

「嬉し泣きは生涯何度もさせる予定だ。いまから覚悟をしておけ」

彼は冗談めいた笑みを湛え、私を優しく腕に囲んだ。

この先、どれほど幸せな日々が待っているのか。まだ見ぬ未来に思いを馳せる。彼の温もりに包まれながら、私はひとしきり泣き続けた……。

時間を忘れて幸せに浸った後、私達は車に戻った。運転手が待つセダンに乗り込み、私の実家へ向かうことにする。

「遼真さん。本当に私の実家に行くんですか？」

「ああ。婚姻届の証人サインはすでに俺の母から貰ったが、もうひとりは奈緒のお母さんにお願いしたい。妊娠の報告もまだだし、何か問題か？」

「問題というか、入籍と妊娠の報告を一緒にしたら母が驚くんじゃないかと思って」

「あり得るな。だが、今夜にも俺は日本を離れる。このタイミングを逃すと会う機会が遅くなるし、そこは許してもらおう」

遼真さん、随分無理して帰国してくれたのね。

仕方がないとはいえ、彼とはまた離れ離れだ。

ふと寂しさに襲われた矢先、彼が手を重ねてきた。唐突な触れ合いにドキッと胸を鳴らせば、切なさを帯びた声が後部座席に響く。

「この時間を無制限に延長出来るなら、いくらでも大枚《たいまい》をはたくのにな」

彼は若干声を沈ませ、私を見つめて薄く微笑む。

こんなに想われて幸せだな。本当に……。

彼の魅力は並外れた美貌だけじゃない。人柄だって地位を驕らず立派だ。

そんな彼に乞われたら、どんな女性だって瞬く間に恋に落ちるだろう。

だから時々不思議になる。魅力に富んだ彼が、なぜ私を想ってくれるのか……。

間もなく彼は異国の地に飛び立つ。せめていまだけは彼を感じたい。

横並びに座る彼に、私は黙って寄り添った。

男らしく広い肩に頭を預けたら、彼が柔らかい手つきで撫でてくれる。

この幸せが続くなら努力を厭わない。立派な彼に相応しい妻になろう。

煌びやかな指輪に視線を預け、私は心に誓ったのだった。


季節は天高《てんたか》く馬肥《うまこ》ゆる秋に移ろい、私は妊娠五ヶ月目に入った。

その時期はホルモンバランスが安定して、体調が落ち着くそうだ。

主治医の話通りに悪阻《つわり》の症状は軽快した。三度の食事も完食出来るし、無理のない程度に身体を動かす日々を過ごしている。

晴天に恵まれた土曜日、午前中には妊婦検診があった。

それを終えた午後一時過ぎ、私はカフェのドアベルを鳴らす。店員に待ち合わせを告げると、窓際の席に母の姿を見つけた。

「お待たせ、急に誘って大丈夫だった？」

母は会計事務所で働いている。父が他界する前から同じ職場だ。

事務員で会計士の資格はないものの、丁寧な仕事ぶりで会計士の先生からの信頼も厚い。休みは週末の土日だけれど、繁忙期《はんぼうき》は休日出勤をする。

今日は土曜日だし、仕事は休みでも他に予定があったりしなかった？

これだけ体調がいいのは久々で、母の予定も聞かずに電話で誘った。今更ながら尋ねると、テーブル越しの母がふわりと微笑む。

「大丈夫よ。大事な娘と孫に会えて幸せだわ」

「孫って、まだ生まれてないよ」

「あら、お腹にいても声は届くのよ。こんにちは、ばあばですよお」

母があまりにも気が早くて、私は椅子に腰かけながら笑う。すると、母が混み合う店内を見渡しながら言った。

「このお店、お腹が大きい人が多くない？」

「妊婦さんに人気のお店なの。一度来てみたかったんだよね」

このカフェの売りは自然派メニューだ。オーガニックなカフェインレスの飲み物を取り揃え、手作りスイーツも化学肥料に頼らない原料を使用している。

妊娠中は日常的な飲食も注意が必要だ。薬の制限はもちろん、煙草やカフェインも控えなければならない。妊娠前から煙草は吸わないものの、大好きなコーヒーが飲めないのは少々きつい。だから、ノンカフェインのコーヒーと身体に優しいキャロットケーキを注文した。

店内の至る所には植物や季節の花々が溢れている。開放感のあるテラス席からは鎌倉の自然が存分に楽しめた。店内にいるだけでも赤ちゃんの発育にもよさそうだ。

妊娠後期になると身体にむくみが出るんだっけ。その前に来られてよかったな。

運ばれてきたコーヒーを味わうと、母がおもむろに口を開いた。

「遼真さんは相変わらず忙しいの？」

「うん。でも出来るだけ一緒にいてくれるし、すごく優しいよ。ふたりで出かける時は、『重い物を持つな』って私のバッグまで取り上げちゃうし。その内、箸まで奪われそうだよ」

「素敵な旦那様じゃない。長年の想いが実ってよかったわねえ」

母がしみじみと感慨に浸り、私はコーヒーを吹き出しかける。

「そんなに驚くこと？　ふたりの気持ちは分かっていたわよ。『いつになったら、くっつくのかしら？』って、小百合《さゆり》さんとも話していたから」

話題に出た小百合さんは遼真さんの母親だ。

小百合さんの性格は天真爛漫《てんしんらんまん》。名家の嫁に相応しい出自でも、まったく鼻にかけない。高瀬家が神崎邸でお世話になった頃から、私の母とは懇意の関係を続けている。

最近になってその事実を母から聞いていた。

その彼女は夫と海外で生活中だ。しかし『入籍の瞬間を見たいわあ』と姑にあたる彼女の願いで、遼真さんは渋々役所に書類を出すまでをリアルタイムで撮影した。

その後、彼女とビデオ通話で話して『私のことは小百合さんって呼んでね』と念押しされていた……。

「お母さん達、そんな話をしていたの⁉」

思わずテーブルに前かがみになったら、対面の母が得意そうに答える。

「そうよお。あなた達、事情があるとはいえ時間をかけすぎだもの」

母はクスッと笑みを湛え、紅茶をのんびりと味わった。

確かに村雨さんと呼んでいた頃から、彼への恋心があったと思う。

でも自覚したのは最近だ。先に母達に知られていたとは思わなかった。

なんだか、間抜けな話だな……。

決まりが悪くて、私はキャロットケーキを味わうのに没頭する。

んー、美味しい！　少しだけきび砂糖を使ってそう。

鮮やかなオレンジ色のケーキは、ほんのりとした甘みだ。

お腹の赤ちゃんも味わえるように、何度も咀嚼《そしゃく》しながら自然の甘みを味わう。平らげる過程で、母が愉快な話を聞かせてくれた。私の旦那様の珍しい失敗談だ。

「小百合さんから聞いたんだけどね。昔、遼真さんが奈緒の誕生日プレゼントを選ぶ為に女性誌を買い漁ったらしいの。職場の近くの本屋だったから、サングラスとマスクで変装してね。その帰り道に、おまわりさんに職質《しょくしつ》されちゃったんだって。道端で大量の女性誌を確認されてたら『キモッ』って女子高生に笑われたそうよ。遼真さん、随分落ち込んだみたい」

遼真さんは何事にも動じない。その彼を一発でノックダウンさせるとは女子高生恐るべし。

そこまでしてくれてたんだ。遼真さんったら……。

困惑する彼を想像して、私はクスッと笑う。その間も母の暴露話は続いた。

「小百合さん、遼真さんをけしかけていたのよ。ふたりが偽装婚約した時も、『奈緒ちゃんをゲットするチャンスよ、いざ出陣‼』って毎日のように遼真さんに電話してたみたいだし」

「ええっ、全然知らなかった！」

小百合さんの後押しもあって、私達は結ばれたのかもしれない。

そんな風に思うと、ビデオ通話で話した彼女の顔が脳裏を掠めた。

彼女は神崎のしきたりに従い、長年花嫁修業に勤しんだ。出自も立派で名家の嫁に相応しい女性だ。その彼女と比べたら私は至らないところばかり。

婚姻に反対されてもおかしくないと思う。それなのに義理の両親は私を受け入れた。当人同士が相思相愛でも、身内の反対で結ばれないケースもあるだろう。改めて彼等の度量の広さに感謝すると、テーブル越しの母が声を弾ませる。

「そうそう、押し入れを整理していたら懐かしいものを見つけたの」

「うわあ、それ！　大好きだったなあ」

母が実家から持参したのは表紙が薄汚れた絵本だ。それは美しい水彩画が表紙で幼少期に夢中で読んだ記憶がある。

母から絵本を手渡され、私は久々にその世界に足を踏み入れた。

物語は森に迷い込んだ姫が、お城にいる王子と出会う単純なもの。しかし話の序盤こそ、有名な童話『白雪姫』に似ていても結末は大きく異なる。

王子は魔王に連れ去られた姫を救い出し、ふたりは幸せに暮らした。

しかし物語の終盤で王子は姫の元を去る。それが姫の幸せだと告げて……。

物語はふたりが永遠に離れ離れになって終わった。

子供の頃、その結末が悲しすぎて私は泣いた。それなのに何度も読み返すほどお気に入りだった。

王子が去った事情は分からない。でも王子は姫を心から愛した。それが子供心にも伝わったからだ。

私は幼少期の記憶を辿って結末まで読み終える。

「昔は気づかなかったけど、ひょっとしてこの本って手作り？」

綺麗に製本されていても、よく見たらストーリーを綴る文字が手書きだ。

水彩画で描かれた桜の表紙は見事な出来だし、売り物なら作者が最初に手掛けた原本だろうか。

気になるままに母を見やると、驚愕な事実を打ち明けられた。

「その本は遼真さんが作ったの。お姫様と王子様のモデルは奈緒と遼真さん。ストーリーもふたりの思い出を脚色《きゃくしょく》したものでね。私達家族が神崎邸を離れる前にくれたんだけど『受け取るべきじゃなかった』って、お父さんは後悔していたわ」

「どうして？　思い出を忘れないでって……思ったかも……しれないのに」

自分の発言に矛盾《むじゅん》を覚え、言葉尻が切れ切れになった。

思い出を忘れないで？　それは違う。だって遼真さんは……。

彼は悪夢に苦しむ私を神崎邸から遠ざけた。私の両親に口止めをして、神崎の名前すら私の日常から消した。彼は徹底して私の記憶から神崎家を排除した。

それなのになぜ、絵本をくれたりしたのだろう。

私は噛み合わない違和感を覚え、額に手を押し当てる。すると、覚えのある手帳が私の視野に入った。

テーブルの反対側から母が差し出したのは、こげ茶色の革張り手帳だ。それは他界した父のもの。思いついたレシピを残せるよう、父は肌身離さず持ち歩いていた。

「奈緒が知りたい答えはこの手帳にあるわ。読んでみなさい」

「私が見ていいの?」

「もちろんよ。お父さんもそれを望んでいるはずだから」

本当にいいのかな?

家族とはいえ、隠したい思いだってあるだろう。

躊躇しつつも色褪《あ》せたページを捲り、父の心の世界に身を沈める。

私の予想通り、手帳の内容は料理アイディアを書き綴ったものだった。

あまり上手じゃない走り書きには独創的な発案が多い。それには感服《かんぷく》するばかりだが、欲する答えはどこにもない。けれど……。

あれ、このページから日記みたいになってる。

半分ほど読み進めると、手帳の内容に変化が生じた。そのページ以降、父は秘めた思いを書き残していた。

この覚悟を忘れない。ここに思いを書き綴る。

今日は遼真君の十五歳の誕生日だ。

五年前、奈緒は恐ろしい体験をした。相当怖かったのだろう。強いストレスから事件当時の記憶が曖昧になり、悪夢を見るようになった。

環境を変える為に俺達家族は神崎邸を離れることにした。その時、遼真君から念を押された。

『奈緒はすべてを忘れた方がいい。ここでの暮らしは口にしないでください』

約束する代わりに水彩画の絵本を貰った。モデルは奈緒と遼真君だ。

忘れてくれと願いつつも、心のどこかで覚えていて欲しいんだろう。

あの時、俺はそう思った。いま思えば、なんて浅はかだったのか……。

ガーデンで遊んだり、悪者に捕われたりと、あの絵本はふたりの記憶そのものだ。

奈緒はまだ幼い。

日常から神崎の名を消し、思い出が詰まった絵本を読む内に、現実と絵本の世界がまぜこぜになった。

辛い体験は、絵本上の出来事だと錯覚して悪夢を見なくなった。

その代償に奈緒は遼真君を失った。初恋の彼は絵本上の登場人物だと思うようになった。

遼真君。君はこうなると分かって、それを望んで俺に絵本を託したんだな。

奈緒の世界に君はいない。

それで奈緒が救われるならと、君は絵本の世界で生きる選択をした。

絵本という檻に自ら入って、拘置所の受刑者のように息を潜めた。何も罪はないのに……。

『この世界から消えても奈緒を守る』

幼い少年とは思えない、強い決意を今更ながら知った。

俺はまだ少年の彼に重荷を背負わせた。娘を守るのは父親の役目なのに申し訳ない。

このままでいいわけがない。

五年経ったいまも、これからもきっと遼真君は奈緒を大事に想うだろう。

それほど優しい彼を亡き者にしたままじゃ駄目だ。

ここに誓う。奈緒が成長して強くなったら彼を救い出す。

『王子様はいるんだぞ』

奈緒に真実を告げて、ふたりで絵本の檻にいる彼に会いに行く。

そうだ、彼の好きなオムライスをふたりで作ってやろう。

遼真君が会うのを拒んだら言ってやる。『俺の娘は強いんだぞ』って。

その日が来るのが楽しみだ。トラウマだって、奈緒はいつか乗り越える。俺は娘を信じる。奈緒を信じる。


日記を読み進めて分かった。

父は神崎邸を離れた後も遼真さんと連絡を取り合っていた。

年に一度、父は彼の誕生日に会いに行った。遼真さんは父を介して、私の近況を知り得ていたようだ。

知らなかった思いに触れ、父と遼真さんに無性に会いたくなる。

父にはたくさんの料理を教わった。最初に習ったのはオムライスだ。

それは大切な思い出のひとつ。目を閉じれば、瞼の裏にあの頃の情景がまざまざと蘇る。

私が鉄製のフライパンにバターを落とすと、父は心からの微笑を浮かべた。

あの瞬間、父は脳裏に思い描いただろう。

『もう少し上手くなったら、お前の王子様に会いに行こう。絵本の檻から救い出すんだ』

父はまだ見ぬ未来に思いを馳せ、白い歯を見せて笑った気がする。

『この世界から消えても奈緒を守る』

父が書き綴った文字を指でなぞり、涙が筋になって頬を伝った。

記憶を取り戻してからも不思議な違和感があった。

なぜ、〝大好きだった彼を忘れた〟のだろう。

〝神崎邸での思い出だけが〟記憶から抜け落ちたのだろう。

私は忘れたんじゃない。〝現実と絵本の世界の区別がつかなくなった〟んだ。

それは遼真さんがかけた魔法だ。トラウマから私を守る為の切ない魔法だった。

ありがとう、こんなにも私を守ってくれて……。

いくつかの疑念というピースを嵌め、ようやく記憶のパズルが完成した。

まだ少年だった彼の決意に触れ、込み上げる熱を抑えきれない。悲しみじゃない、胸を温める思いが父の手帳に涙のシミを作っていった。

二時間後、私と母はカフェから徒歩圏内のショッピングモールをぶらついた。

「お母さん、そこのお店に寄ってもいい？」

「あら、可愛いベビー服のお店ね。……もうっ、また先生から電話だわ。奈緒は先に入ってて」

母は小刻みに振動するスマートフォンを耳に当て、私の元を離れていった。

母の勤務先には会計士の先生がいる。その先生は七十代だが、趣味のゴルフや登山に勤しむほど活動的だ。しかし耳が少々遠くて機械音痴だそう。

カフェからここに来る途中も、狼狽した彼が母に電話を寄越した。

彼は最近購入したパソコンに苦戦中だ。節電モードのスリープ状態を故障と思い、ここに来る途中も母に助けを求めていた。

お母さん、大丈夫かな？

陳列されたベビー服を眺めつつ、ちらりと店外の母の様子を窺う。

聴力の弱い先生との会話は大変そうだ。母は身振り手振りで電話を続けている。

耳が悪いお年寄りにパソコンの操作を教えるのって難しそう。そうだ、ビデオ通話の方がいいんじゃない？

ビデオ通話なら画面越しに母が指示出来る。言葉で伝えるよりも簡単だろう。

ああ、もっと早く気づけばよかった。

思いついたアイディアを母に教えよう。すぐさま店先を離れようとした、その時。

「いらっしゃいませ」

店員らしき女性の声が私の足を留める。

届いた声は若干覚えがあった。誰だろうと振り返り、途端に私の頬が引き攣る。

Vネックのジャケットに、濃紺のスカートを合わせた女性は城ヶ崎さんだ。

顔を合わせるのは式典以来で、苦々しい記憶が脳裏に焼きついていた。

ブルーバードって子供服もあったんだ、知らなかったな。

彼女の胸元には社名入りの名札がある。この店はブルーバードの系列なのだろう。

『株式会社ブルーバード』は国内収益トップクラスのアパレル企業だ。

繊維製造業を前身とし創業は八十年と古く、主力ブランドの『ブルーバード』は二十代の女性に絶大な人気がある。鎌倉の奥地には立派な自社工場があると新聞でも紹介されていた。

また彼女に嫌味を吐かれたら堪らない。母に罵られる姿は見せられないし、妊娠中のストレスは胎児にも悪影響を及ぼす。

彼女が店員の仮面を剥ぎ取る前に退散しよう。

私は瞬時に判断を下す。でも行動に移す前に彼女が深々と頭を下げてきた。

「式典では大変失礼いたしました」

彼女は首を垂れたまま、言葉尻を弱々しく声を綴る。

彼女の態度は予想外で私は拍子抜けした。一旦置いてから彼女の肩にそっと触れる。

「あの、城ヶ崎さん。頭を上げてください」

「許してくださるの？　酩酊していたとはいえ、非礼な態度だったのに」

あの時、酔ってたの？　そうは見えなかったような……。

彼女には腕まで掴まれたし、酩酊状態とは違う気がした。

でも、私がどう捉えても目前の彼女に戦意はない。それならそれでいい。お腹の赤ちゃんの為にも無駄な悪意を持ちたくない。手短に話を済ませて、この店を離れようと試みた。

「酔ったら誰でも変わったりしますから」

『誰でも』は大袈裟？　まあ、いいか。

彼女は一向に頭を上げない。これではまるで、モンスタークレーマー客が店員を虐めているようだ。幾多の視線が気になり、私はなるたけ優しい声音を出した。

そこで城ヶ崎さんが恐々とした様子で上位を起こす。

「許してくださるの？　嬉しいわあ……あら？　妊婦さんに人気のマスコットをお持

ちなのね」

私が斜めがけしたバッグには、親子熊のマスコットがぶら下がっている。

母親が子供と微笑み合うそれは妊婦さんに大人気で、妊娠が判明した際に母から貰った。少し前にキットを購入し、より自分好みのキーホルダーに仕上げていた。

ここはベビー服のお店だ。SNSで話題になって随分と国内に普及しているし、彼女は見慣れているのだろう。純白のレースで装飾したキーホルダーに、彼女の視線が注がれる。

「赤ちゃんの性別はどちらなの？」

「男の子です」

「まあ、早速跡継ぎを授かるなんて素晴らしいわ！」

城ヶ崎さんは大袈裟に声を上げて手まで合わせた。

それが営業トークでも、お腹の子が褒められたようで素直に嬉しい。少し照れながら謝意を告げかけると、遠慮がちな声が横から入った。

「お話し中に失礼いたします。城ヶ崎マネージャーにお電話です。本社の……」

「いま行くわ！　それでは神崎の奥様、ご機嫌よう」

城ヶ崎さんは微笑を湛え、女性店員に耳打ちをする。そして、ひらりと身を翻してこの場を離れた。その姿が見えなくなると、この場に残った店員が話しかけてきた。

「城ヶ崎マネージャーからお祝いを見繕うよう仰せつかりました」

「いえ、お祝いは結構です」

「遠慮なさらないでください。その、私も……困りますから」

ああ、言いつけを守らないと叱られるのね。

城ヶ崎さんはブルーバードの創業者一族のひとりだ。

彼女ほどの令嬢が店頭に率先《そっせん》して立つことに驚いた。役職もあるようだし、ブルーバードでは血縁者も現場で経験を積むのだろう。

彼女は目を見張る美人だ。おまけに、ヘアメイクも完璧で一分の隙もない。

部下の指導にも余念がなさそうだし、命令に背いたら大変そうだ。

女性店員に頭まで下げられ、私は陳列された肌着を見やる。

真っ先に目についたのは、オーガニックコットン素材の肌着だ。色は柔らかなベージュ色で、ワンポイントのてんとう虫が愛らしかった。

「それじゃあ、こちらの肌着をいただけますか？」

「ありがとうございます！　同じシリーズのロンパースとベストもご用意しますね。どうぞ、お掛けになってお待ちください」

店員は安堵の表情で傍らの椅子へ私を促す。言われるままにすると、電話を終えたらしい母がやってきた。

「もしかして買い物は終わっちゃった？」

「ううん。実は、お祝いをいただけることになったの」

「あら、誰から？」

木製の椅子に腰かける私を見下ろし、母は目を瞬かせた。

「城ヶ崎美琴さん。帝リゾートの式典で知り合ったんだけど、ここのマネージャーみたいなんだ」

城ヶ崎さん、なかなか戻ってこないな。

彼女は依然と店先を離れたままでいる。お礼を言わずに帰るのは失礼だ。彼女を待ちわびていると、母が私の頭上から声を落とす。

「城ヶ崎美琴さんって、ブルーバードのご令嬢よね？」

「そうだよ。お母さんも彼女を知ってるの？」

「知り合いじゃないわ。例の許嫁選びの場に彼女もいたのよ。酷く泣き喚いていたから覚えているのよ。昔のことは水に流して、仲よくしてくださってるのねえ」

城ヶ崎さんがっ……許嫁候補のひとり……。

あまりの驚きに声を失うと、母が心配そうに顔を覗き込んでくる。

「顔色が悪いわね。先生に呼ばれてるんだけど、やめておこうかしら」

「私なら大丈夫。歩き疲れただけだから……」

お母さんが言うように、彼女が過去を清算出来ているならいいけど。

式典での憎々しげな表情がやはり気になった。でも母に余計な心配をかけたくないし、疑念は心のみに宿らせておく。

それから包装された祝いの品を受け取っても、城ヶ崎さんは店に現れない。

待てども戻らないし、母を先に帰らせてひとりで待つことにする。

「お母さんは先に帰っていいよ。先生に呼ばれてるんでしょう？　私はもう少しだけ城ヶ崎さんを待ってみる」

「悪いわね。まったく先生には困っちゃうわ。いくら説明しても分からないんだもの」

「ねえ、ビデオ通話を使って説明したらどう？」

先程の電話では解決しなかったようで、母は先生に事務所まで呼び出された。げんなりする母に提案するも苦笑を返される。

「駄目駄目、その使い方から説明しなきゃならないわ。それじゃあ行くわね」

「そっか。気をつけてね」

そうして母と別れた後も城ヶ崎さんとは会えなかった。延々と居座るわけにもいかないし、私は店を後にした。


ショッピングモールから駅まで歩く最中、私は思いがけない人と出会う。

街路樹をぼんやりと仰ぐサラリーマン風の男性は相馬君だ。スーツ姿の彼と会うのは、同窓会以来だった。

「相馬君、こんにちは」

「ああ、高瀬」

街中で知り合いに会う確率は高くない。でも、彼は私の登場に驚かなかった。近寄る私を余所に、こめかみに手を押しつけている。

視線を避けるように、目を瞑った彼は体調が悪そうだ。

「相馬君、もしかして具合が悪いの？」

「いや、大丈夫……仕事に追われて疲れてるだけだ。高瀬はあの後、平気だった？」

「うん。あの時は本当にありがとう。実はね、悪阻だったんだ」

数ヶ月前の同窓会では相馬君にお世話になった。

あの日、妊娠初期の悪阻で酷い吐き気に襲われた私に、相馬君はつき添ってくれた。従業員の控室で横になれたのも彼のお蔭だ。ホテル側と交渉してくれたみたいで、ベッドがある部屋で横にもなれたから。

「高瀬も母親かあ。赤ちゃんの写真とかあるの？　ドラマとかで、夫婦が見せ合いっこしてる白黒のやつ」

「超音波検査の画像のこと？」

「よく分かんないけど、多分それ」

相馬君、子供が好きなのかな？

超音波検査は赤ちゃんの成長具合を画像で確認出来る。妊娠初期から行われる検査のひとつだ。仕事で病院につき添えない遼真さんも成長を見て楽しんでいた。

彼は検診が終わる度に画像の赤ちゃんを愛おしげに眺める。

それはまさに、目に入れても痛くないと言わんばかり。子煩悩な父親ぶりを発揮して、藤宮さんにまで画像を見せつけるほどだ。

「最新の画像はこれだよ」

妊娠五ヶ月目になると赤ちゃんの体型がより丸みを増す。

最新の画像は今日の検診のもの。薄らと顔が分かるまでになったし、カメラ目線で笑っているようにも見える。

「画像って、これだけか？」

「まだあるよ、ちょっと待ってね」

画像はフォトアルバムに保管して持ち歩いている。せがまれるままにバッグからアルバムを取り出し、他の画像を相馬君に見せた。

「こんな風に成長するんだな……いやあ可愛い」

へえ、男の人でこの反応は珍しいなあ。

ふと藤宮さんの困惑ぶりが脳裏に蘇る。それは見るに堪えないものだった……。

まだ妊娠初期の頃、エコー画像の赤ちゃんは人の体を成していなかった。しかし遼真さんはエコー画像を藤宮さんに誇示《こじ》した。

『どうだ？　美形だろう』

『えー、そんなの全然分からな……うわ男前！　もう世界一！』

軽い調子で答えかけた藤宮さんに、『貶《けな》したら許さん』と遼真さんは殺気立った眼圧で言い改めさせた。

藤宮さんには可哀想なことをしちゃった。遼真さんって意外と親馬鹿だよね……。

藤宮さんが見た画像では、美形とまでは判断がつかない。感想を求められたら誰でも当惑するだろう。だから余計に相馬君には驚かされた。じっくりと写真を眺める姿は、まるで我が子を愛でるかのよう。

「相馬君、子供好きなんだね」

私が思わず零すと、彼は画像に視線を落としたまま薄らと微笑んだ。

その夜、私は神崎邸の本館で夕食を摂った。

妊娠が発覚して以来、体調が悪い時はメイドが自室まで食事を運んでくれる。私の悪阻は特に厄介で、厨房から漂う僅かな匂いにも吐き気をもよおすほどだから。

それほど苦しんだ悪阻なのに、最近は誰かと身体が入れ替わったように調子がいい。

美味しい料理を完食した私は、自室がある別館へと戻った。

あれ、遼真さん帰ってたのね。

彼は土曜でも仕事に勤しみ、『今日は遅くなる』と朝食の時に聞いていた。

きっと仕事が早く片づいたんだ。

私は何も疑わずに玄関の引き戸を開ける。すると思いがけず、石畳の三和土にこげ茶色の靴があった。下座にきちんと置かれた紳士靴は彼のものじゃない。

これって確か、藤宮さんが履いてたっけ。

靴の持ち主に当たりをつけて私は玄関を上がる。板張りの廊下を進むと、自室の隣の客間には予想通りの人物がいた。襖は開いたままで遼真さんの姿もある。

すごく深刻そうだけど何かあったの？

膝をつき合わせる彼等に声はかけられない。

漂う空気の重々しさに、私は廊下からふたりの顔を交互に見つめた。不意に藤宮さんが正座を崩し、片足をダンッと畳に打ちつける。

「僕は控えめに言って我慢の限界なんだよね。遼真君はどうなの？」

彼は端整な顔を歪ませて歯を食いしばる。その一方、遼真さんは胡坐をかいたまま瞳を伏せていた。刹那、彼は漆黒の双眼を見開いて藤宮さんを一瞥する。

「五分後に道場だ」

彼は静かに告げるなり、廊下に立ち尽くす私を見やった。

「理人と稽古に行く」

切れ長の瞳には明瞭な怒りの色が宿り、私は頷くのが精一杯だ。内に秘めた憤怒に気圧され声にもならない。

そうして彼がこの場を去ると、藤宮さんが軽口を叩いた。

「大変だあ！　奈緒ちゃん、どうしよう‼　遼真君、めちゃめちゃ怒ってるー」

「殺気立ってましたね……」

「遼真君ってさ、怒りが限界を突破すると剣道の手合わせに僕を誘うんだ。師範級に強いのに本気出すしさ。堪んないよ、まったく」

辟易した言い方でも、藤宮さんの面持ちからは優しさが滲み出ている。

何があったか知らないけど、遼真さんのそばに藤宮さんがいてよかった。

心から感謝しつつ、「じゃあね」と廊下に出た彼を追う。

そこで藤宮さんは歩みを止めた。私を振り返るなり「駄目駄目」と顔の前で人差し指を横に振る。

「奈緒ちゃんはここでお留守番だよ」

「でも、何かあったんですよね？」

「奈緒ちゃんは知らなくていい話だし、僕達の手合わせはガチすぎてドン引きしちゃうよ。それに……」

藤宮さんは一旦話すのをやめ、声色を深刻にする。

「遼真君、奈緒ちゃんに見られたくないと思うんだ。怒りを制御出来ない自分をね」

涼やかな空気が私の頬に触れる。同時に、遼真さんが戸を閉める音が玄関から鳴り響いた。この場に沈黙が漂い、藤宮さんは感慨深げに息をついた。

藤宮さんって、遼真さんのことを本当に分かってるんだな。

遼真さんとは七年来のつき合いだ。いまは夫婦にもなって彼を理解しているつもり。それでも藤宮さんには敵わない。ふたりは互いを信頼しきっている。深い絆で結ばれた藤宮さんが羨ましく思えた。

「分かりました。私はここで待っていますね」

「ありがとう。それじゃあ僕の無事を祈ってて」

藤宮さんは片目でウインクを寄越し、口笛を吹きつつ廊下を進んだ。

別館に留まった私は自室の窓を開き、カラカラと寂しい音を立てて風を招き入れる。

ふたりが怪我をしませんように……。

ただ願うことしか出来ない。私は心で声を綴り星空に祈ったのだった。


一時間後、道場に向かった彼等は未だに戻らずにいた。

随分長いけど、大丈夫かな……。

『無事を祈ってて』と、藤宮さんは物騒なセリフを吐いた。

遼真さんは勝負事には手抜きをしない性質だ。それは酒豪対決で思い知ったから、ふたりの身が心配でならない。

「はあ、駄目だ。落ち着かない」

神崎邸の敷地内には立派な道場がある。幼い頃から遼真さんは瓦屋根造りの道場で『心技体を極めろ』と父方の祖父に剣道を叩き込まれた。

藤宮さんもまた、神崎家に劣らぬ名家のご子息だ。

この屋敷に仕えるメイドの噂話によると、藤宮家は代々大物政治家を排出してきた。他界した彼の祖父は日本の官房長官を務めたという。

そして年が離れた兄は現役の警察官僚。末っ子の彼も武道の心得があるらしい。

様子を見に行こうか。でも、藤宮さんに止められちゃったし。

心許なく廊下を行き来して、ふたりの帰りを待ち続ける。それから五分もせずに藤宮さんが別館に現れた。

「奈緒ちゃん、後はよろしく〜」

彼は疲労困憊《こんぱい》の様子で腰を擦りながら帰路につく。立ち去る彼の道着は滝のような汗で色が変わり、打ち合いの激しさを物語っていた。

藤宮さん、へとへとだ。遼真さんはまだ道場かな？

道場は別館の裏手だ。玄関の三和土に下りて、遼真さんの元に向かおうとする。そこで、ザザーッと湯を流す音が風呂場から聞こえた。

なんだ、とっくに帰ってたんだ。

別館の西側には裏口がある。壮麗な自然を拝める檜風呂はその隣だ。

疲れた身体を癒せるように、少し前に風呂に湯を張っていた。私は廊下を進み、ガラッと脱衣所の戸を引く。裏口から入っただろう彼に呼びかけた。

「遼真さん、お怪我はないですか？」

浴室の扉越しに声をかけると、すぐさま返事が届く。

「問題ない。奈緒は風呂に入ったのか？」

「まだです」

「それならこっちに来い」

妊娠が発覚して以来、彼とは寝床だけじゃなく風呂まで一緒だ。恥ずかしいと断っても『何かあったら大変だ』と心配性の彼は一切妥協しない。

「……はい」

身の置き場がないほど恥ずかしくて、私は少しだけ躊躇う。でも脱衣所を離れたところで、連れ戻されるのは目に見えていた。

はあ、仕方ない。行こう……。

私は服を脱いで身体にタオルを巻きつけ、いざ浴室に踏み込む。

遼真さんは木製の椅子に腰を下ろしていた。ちょうど身体を洗い終えたようで、仄《ほの》かな石鹸の香りが私の鼻腔を掠める。

「奈緒」

彼がおもむろに立ち上がり、逞しい裸体が視界に入った。

わああ、見たら駄目!

視線を即座に外し、私は浴室の隅で縮こまった。すると、忍び足で近寄った彼に右手をそっと引かれる。

「恥ずかしがるな。いつになったら慣れるんだ？」

「え、永遠に無理そうです」

「お前のママは、とんだ恥ずかしがり屋だな」

声音に誘われて目を開ければ、伏し目がちの彼が私の腹部に口づけをする。

タオル越しの呼びかけは優しく、私は束の間の幸せに浸った。

遼真さんは素敵なパパになるんだろうなあ。私も負けていられない！

負けず嫌いの血が滾るのは勝負を挑まれたからだ。

パパとママ、どちらを先に言わせるかの勝負。勝利してみせる！

真剣勝負の行方はそれほど遠くない未来に分かるだろう。

幸せな未来図を脳裏に描くと、身体に巻いたタオルが背後からそっと奪われた。

それは『身体を洗ってやる』との彼の合図。木製の椅子に座るなり、彼は私の全身を綺麗に仕上げていった。

遼真さんは指先が器用だ。美容師さながらの腕前で私の髪を洗い、仕上げにはほどよい圧を加えたマッサージも忘れない。

洗髪が終わると、次は身体だ。泡立てたボディタオルが私の背中を滑り出した。

ああ、エステにいるみたいに気持ちがいい。でも、やっぱり恥ずかしい。

ボディタオルの滑らかな動きがくすぐったい。肌に触れそうな彼の指を意識して、ドキドキと胸が高鳴りはじめた。

妊娠が発覚して以降、遼真さんとは愛し合っていない。

妊娠中でも妊婦の体調が優れた日を選べば、夫婦の営みは可能だ。

負担がかかる体位を避け、交わりが激しくなければいいと医師にも言われている。

でも、遼真さんは私に触れようとしない。近頃のスキンシップは軽いキスのみ。

最近は悪阻も酷くないし、それだけでは満たされない自分がいる。

こうしてタオル越しに身体は洗っても、彼は直に触れてこない。あえて避けている気さえした。

もしかして、女として見られなくなったとか?

もし見当違いでないなら、淫らに意識して馬鹿みたいだ。

うら恥ずかしさに駆られ、視線を後方に投げて彼に訴える。

「ま、前は私が……」

「大丈夫だ。任せろ」

いいえ、私が大丈夫じゃないんです……。

内心でぼやく間も、ボディタオルは私の脇をすり抜ける。

そして案に相違して彼の指が柔らかな双丘を掠めた。

「あっ……」

狭い風呂場は音が反響しやすい。妊娠前はここでも愛されたし、嬌声も聞かれた。

でもいまは決まりが悪い。それは彼も同じだ。私の背後で沈んだ声が漏れる。

「すまない……。二度としないと誓う」

「あの、謝ることじゃないと思います」

「駄目だ。奈緒の身体は俺のものじゃないからな」

「どういう意味ですか？」

意図を汲み取れず振り返ると、遼真さんは自身の目元を手で覆った。そして、重々しい嘆息をついてから答える。

「妊婦のリアルな声が知りたくて、ＳＮＳから情報を得たんだ」

「どんな意見があったんですか？」

「『妊娠中の旦那がウザい』とか『おっぱいは赤ちゃんのものなのに気色悪い』だとかだ。俺は……ウザくて気色悪い夫にはなりたくないんだ……」

ええっ――、そんな風に思っていたの⁉

突拍子もない答えが飛び出し、私は開いた口が塞がらない。

完全無欠を体現した彼は、いつだってつけ入る隙を見せない。それなのにいまは余裕なさげだ。はじめて見る表情に愛おしさが込み上げる。

私は口元に笑みを湛え、風呂桶ですくった湯をバシャッと彼にかけてやる。

「おい、突然何をっ……」

「心配性な旦那様の誤解を解く為です。キスで満足出来ない私が馬鹿みたいです」

本音を零すと遼真さんが息を呑むのが分かった。

「……違う、俺が大馬鹿だ」

彼は面持ちに安堵を含ませ、私の肩を抱く。切れ長の瞳が徐々に細まり、彼の口元に笑みが浮かんだ。見つめ合うだけで、胸に根を下ろす不安が消え失せていく。

遼真さんの耳が赤い。はじめて見たかも……。

クールな彼がこれほど照れるとは思わなかった。新たな一面に触れ、より愛おしさが増した。認めざるを得ない。彼にはどうしたって惹かれてしまう。

「奈緒……」

甘い囁きが辺りに木魂し、彼は柔らかく私の唇を味わう。背中をかき抱かれ、熱い舌先に唇を割られた。

密度の高いキスは求められる幸せを実感させる。

彼は性急に、より甘美に、私と舌を絡ませた。やがて甘い口づけは鎖骨を伝って胸の双丘に到着する。唇と指先で片側ずつ愛撫され、瞬く間に官能が引き出された。

「あっ……遼真さ……」

「奈緒に触れていい男は俺だけだ」

情欲で濡れた瞳が満足げに細まり、息切れ切れな私の手が引かれる。太腿を絡ませながら抱き合い、彼の温もりを存分に感じていった。

第八章　追憶《遼真SIDE》

奈緒が望むなら貴公子よろしく跪《ひざまず》く。

それほど溺れる女に迫られて拒める男はいない。当然、俺も例外ではない。

奈緒をはじめて抱いた夜、着物を剥ぎ取った彼女の姿は想像以上だった。

ああ、綺麗だ……。

滑らかな肌に口づけると、奈緒が身をよじって啼《な》いた。

その途端、堰《せき》を切ったように欲が弾ける。だが、なるたけ優しく抱こうと理性に訴えた。行為の直前に、『抱かれるのははじめて』と彼女が打ち明けたからだ。

奈緒とは七年来のつき合いがある。

その間、彼女から様々な相談を持ちかけられた。それに恋愛の類はなかった。

俺が知らないだけで年相応に恋人はいるだろう。

そう思っていたが、俺の予想は見事に外れていたわけだ。

「ごめんなさい。その、経験がなくて……」

蚊が鳴くような声で謝罪されたが、光栄極まりない。『どんな男に抱かれた？』と嫉妬心が滾らなくなったのだから。

ああ、その顔はまずい。

彼女が上目遣いで俺を見やる。それだけで胸の鼓動は忙しさを増した。

無自覚に煽るのは罪だ。激しく漲りを突き立てて快楽の果てまで疾走したい。だが、経験のない彼女に無理はさせられないだろう。

「奈緒、愛してる」

口づけをしてから想いを吐露すると、彼女の瞳に驚愕が宿った。

心のままに告げたら奈緒の視線が方々に散らかる。その姿はどこか夢現だ。気恥ずかしそうにされても構わずに、滑らかな肌を存分に味わう。汚れのない身体にキスの豪雨を降らせると、彼女の身体が淫らな水音で応えた。

「はっ……あ……あぁんっ」

甘い声で啼く彼女が徐々に蕩けた表情になる。

未知の体験だろうし身を委ねられて光栄だ。指先と唇で散々果てさせた後、無垢で温かな泉に自身を沈めた。

「あっ……、神崎さ……」

「力を抜けるか？　少しは楽になる」

俺の助言を受けて組み敷いた彼女がやや力を抜く。その甲斐あって、漲りを押し進められた。

「奈緒、痛くないか?」

艶めかしく腰を揺らしながら、彼女の髪を撫でる。問いかけに奈緒が僅かに頷いた。存分に身体を潤わせたから痛みはないようだ。頬を染める反応が初々しくて、俺の理性は飛びかける。だが、どうにか昂る分身を言い宥めた。

「くっ……」

今夜は心を通わせた特別な夜だ。言い知れぬ幸福感で満たしてやりたい。瞳に彼女を映して、ゆっくりと高みへと導く。それに彼女も無我夢中で応じ、汗を迸らせて神聖な行為に没頭していった。

俺達が想いを通わせて二ヶ月が過ぎた頃。

俺は仕事でラスベガスにいた。ラスベガスは世界有数のリゾート地だ。そこに『帝リゾート・ラスベガスホテル』はグランドオープンした。館内は社運をかけて贅を尽くし、業界中の話題を攫った。予約は半年先まで満室だ。

毎度のことだが俺に失敗は許されない。しかし、今夜は痛恨のミスを犯した。

「今頃、奈緒は寝ているだろうな」

ラスベガスと日本の時差は十七時間ほど。こちらが朝日に包まれた現在、婚約者が暮らす母国は真夜中だ。

俺としたことが電話をかけそびれてしまったな。

昨晩は要人主催のパーティーに招かれていた。

主催者は米国の財界に顔が利く大物で、ぞんざいには扱えない。

パーティーが終幕した後、ギャンブル好きの彼に誘われた。カジノをいくつかまわって随分な時を過ごしてしまった。

彼の目を盗んで電話は出来たが、それはやめておいた。

奈緒との電話は短時間では終わらない。声を聞いたら顔が見たくなる。顔を見たら電話越しでも触れたくなる。

数分程度の電話では到底満足出来ない。楽しみは用事の後にと思ったら、これだ。

『クールで冷静沈着』と社内では揶揄されるのに、我ながら初心だな。

デスクと書棚を配した仕事部屋でつい苦笑する。その時、胸元にしまったスマートフォンが小刻みな振動を伝えた。

薄型の液晶画面を見やれば、親しき友であり頼れる部下からの着信だ。

俺が通話ボタンを押すなり、奴は開口一番に深刻な声で告げた。

「秘書室宛に腹立たしい封筒が届いたよ。いまからメールでその中身を送るね」

理人は穏やかな性格だ。どれだけ苛立っても滅多に態度に出さない。

それがこの時ばかりは憤怒を隠さず、実に不快な届け物だと察した。

理人は俺の秘書業務を一時的に外れ、今回の出張には同伴していない。

日本はいま真夜中だ。それでもわざわざこの時間に連絡を寄越した。俺のスケジュールを把握した上で空き時間を待ったからだ。有能な部下には感謝せずにはいられない。

一体、何があった?

俺はスマートフォンを耳に当て、空いた左手でマウスを動かす。スリープ状態のパソコンを目覚めさせてメールを受信した。

これは確かに腹立たしいな。

理人が寄越したメールは奈緒を侮辱する内容だった。

添付画像は五枚あり、その内の三枚に彼女が映っている。

余所行きの格好で男と寄り添う女性は、明らかに俺が愛する許嫁だ。

盗み撮りをされたらしい、ふたりの画像は三枚。

残りの画像は理人がカメラで撮ったんだろう。秘書室宛の封筒と『許嫁はとんだ淫《いん》乱《らん》』と侮蔑を綴った便箋の画像があった。

冷静になれ、心の乱れは隙を作る。

すべての画像を見終え、亡き祖父の教えを心で唱える。

ダウンライトを灯した室内で深々と息をつき、しばらく無心に瞑想《めいそう》した。

こうでもしないと冷静さを保てない。充分に心を落ち着かせてから理人に問う。

「これは加工画像か？」

「僕の伝手を使ったら、手は入ってなかったよ」

理人の兄は警察官僚だ。会話に出た伝手は彼に違いない。

「それなら間違いないな」

「送り主って馬鹿だよねえ。遼真君に喧嘩を売る命知らずだもん。メールを使わない程度の知能はあるみたいだけど」

「開示請求をすれば、メールは送り主が判明しやすいからな」

理人は言葉の端々に蔑みを隠さない。意見の一致を嬉しく思いつつ、写真に目を凝らした。

これは明らかに奈緒を陥れる悪意の塊だ。浮気の決定的瞬間にも見えるが、それはあり得なかった。

俺と会えないとはいえ、真面目な彼女に限って考えられない。

盲目的《もうもく》に彼女を信じる以外にも、裏切りではない根拠がある。見たところ撮影場所は『帝リゾート・横浜ホテル』だ。俺の職場で堂々と浮気をする理由がない。

「ここを撮影場所に選んだのは、社員の目に触れさせる狙いだろうな」

「僕もそう思う。奈緒ちゃんと男を密着させた方法だけは分かんないけどさ」

「奈緒は同窓会に行くと言っていたし、その時に撮られたのかもな。写真の奈緒は顔色が悪いし、酔わせられたとも考えられる」

「それじゃあ、同窓会の出席者が封筒の送り主だね」

理人が性急に結論を下すが、俺はやんわりと否定する。

「そうとも限らん。奈緒を常々尾行して、タイミングを計っただけかもしれない。なんであれ売られた喧嘩は受けて立つ。この件は俺が処理するから、お前はこれ以上は動くな」

「えー、僕の方が適任じゃない？」

しっかり釘をさすと、理人が不満げな声を俺の耳に響かせる。

「悪戯に構うほど警察は暇じゃない。彼等を動かすのも税金がかかるんだぞ」

「天国のお祖父様みたいなこと言うなあ。税金なら遼真君はたんまり払ってるじゃん。僕が頼んだらチャチャッと解決するのにさ」

警察官僚の身内とは思えんセリフだ……。

ぬけぬけと軽口を叩く理人は俺と似た境遇だ。

縦社会特有の足の引っ張り合いが嫌で、理人は兄とは別の道に進んだ。

だが、実家が名門だとよからぬ輩が寄って来る。それを避ける為に身綺麗でいる必要がある。

「ここから先は駄目だ。川魚の調査も伝手を使ってないだろうな?」

「遼真君が煩いから使ってないよ。証拠が固まったら兄さんに知らせるつもりだけど。それなら善意ある市民の通報だし、いいでしょ?」

川魚の件は調査が大詰めだ。決定的証拠が上がり次第、警察に届け出る算段だ。

奈緒を巻き込んだ騒ぎの顛末《てんまつ》は、俺達の睨み通りなら世間が驚愕するだろう。

このままでは被害が出るし、当事者には罰を下す。だが、それは俺達の役目ではない。

「ああ、そうだな。今日は遅くまですまなかった」

スマートフォン越しから欠伸を殺す気配を感じて、俺は理人との話に幕を引いた。

そしてデスクに両肘をつき、顔の前で指を組みながら考える。

一体、誰がこんな真似をした？

奈緒が嫌がらせを受けたのは、これで二度目だ。

まだ少年だった一度目は彼女を守れなかった。どれだけ知識があっても、いくら大人びていても俺は未熟な子供だった。出来ることは限られ、奈緒を悪意から遠ざける術しかなかった。新たな被害が出る前に奈緒から離れる選択をした。

『奈緒を傷つけた犯人が捕まりますように』

星空を仰いで神に願うしかない。顧みても、悔しさで身体が熱くなるほどだ。

だが、いまの俺は違う。地団太《じだんだ》を踏むだけの少年じゃない。

二十年前、俺は許嫁に奈緒を選んだ。それにより分家から無数の批判を受けた。

『なぜ、ビジネスパートナーにもならない一般家庭の娘を？』

強固な絆で結びつく一族でも本家の嫁選びだけは小言が煩い。

俺の母は立派な出自だ。それでも『もっと相応しい嫁がいる』と陰口を叩かれた。

写真を寄越したのは一族の者か？　いや、違うな。

飛び級で大学を卒業して以来、俺は身を粉にして働いた。

神崎の本家当主は、代々帝コンツェルンの総帥の座に就く。俺はその名に恥じない為に俺はグループ企業を渡り歩いた。

その先々で結果を出したが、『若輩者《じゃくはいもの》が』とか『七光り』だとかと罵られた。酷い裏切りも珍しくない。それでも人間不信にならなかったのは、奈緒のお蔭だ。

SNS上とはいえ、彼女との交流は唯一の癒しだった。

『俺を忘れて、幸せに暮らして欲しい』

遠くから願うだけだったのに、いつしか会いたくなった。

『彼女のそばにいられたら、どれだけ幸せだろう』

想いは確かに芽生えていたのに、俺は心に蓋をした。

想いが溢れないように重石を乗せて、先走りそうな感情に全身全霊でブレーキをかけていた気がする。

『まだ駄目だ。彼女を守れる男になるまで我慢しろ』と……。

祖父には感謝しかない。厳しい躾《しつけ》があったこそ、いまの俺がある。

先見《せんけん》の明《めい》がある祖父は俺の未来を案じていたのだろう。

『雑音は結果で捻じ伏せろ』

常々そう語っていた祖父は、その先に自由があるのを知っていた。前途《ぜんと》遼遠《りょうえん》を承知の上で、重圧に耐える精神力を俺に備えさせた。

奈緒との偽装婚約は思いもよらぬ事態だった。しかし遅かれ早かれ、彼女に想いを伝えていただろう。

『奈緒と正式に婚約します』

海外で暮らす父に宣言した際、反対はされなかった。

それは父だけじゃない。いまや帝コンツェルンで俺に楯突く者はいない。

ここ数年、グループの収益は右肩上がりだ。その躍進はグループ企業を渡り歩き、要望以上の結果を示した俺の尽力と誰もが認めている。

先月、グループ内の定例会で父は引退発言をした。

『近い内に帝物産《みかどぶっさん》は遼真に任せる』

帝物産は世界に名を馳せる大手総合商社だ。幾多にも及ぶ傘下企業の中でも序列の最上位に位置し、そのトップはグループ内で甚大な発言力を持つ。

帝物産の社長はすなわち、グループを率いる総帥を意味する。その場で父は非公式の採決を取ったが、拍手喝さいの中で反対する者は皆無だった。

グループ企業のトップは概ね、神崎の分家や縁のある者が務める。いくら奈緒が気に入らなくとも、この状況下で俺に歯向かう者が一族にいるとは思えない。

分家でないなら、誰が俺達の結婚を邪魔するんだ？

一度目は二十年前、俺が奈緒を許嫁に選んだ後に。

二度目の今回は、式典で奈緒との婚約を発表した後に。

二十年前、奈緒への嫌がらせの調査はうやむやに終わった。

これは憶測だが、父は真剣に調査に着手《ちゃくしゅ》しなかった気がする。

当時、父は帝コンツェルンの総帥に就任したてだった。グループ内に波風が立つのを恐れ、一族の犯行と疑っても深い追及はやめたのだろう。

二十年経ったいま、父は俺達の結婚に賛成した。当時の悔恨が胸の内にあるのかもしれない。

俺は父とは違う。存在するかも知らない神に願う少年でもない。

長い年月を経て、愛する人を守り抜く盤石《ばんじゃく》は築いた。だからこそ奈緒が婚姻届を持参した時、偽装婚約を持ちかけた。

『婚儀のしきたりに従って、……けっ、結婚しましょう‼』

あの瞬間、俺は覚悟を決めた。

これからはすぐそばで奈緒を守る。過去と向き合う時がきたのだと……。

二十年前と今回、同じ犯人の仕業だろう。ならば、敵に明確な意思表示が必要だ。

俺は伏せていた瞳を開き、デスクの隅にあるスマートフォンを握る。出張に同伴させた雅を呼びつけ、日本の婚姻届を入手しろと命じた。

翌日、俺はワシントンで暮らす両親を訪ねた。婚姻届の証人欄に母からサインを貰い、指輪を購入してから帰国したのだった。

奈緒が妊娠三ヶ月目に入った。

妊娠の体調不良は悪阻や眩暈と人によって様々だ。奈緒は悪阻に苦しんだ。

酷い時は料理の匂いにまで吐き気を起こし、俺はなるたけ彼女につき添う日々を過ごした。

来年の春、最愛の妻は出産する予定だ。

俺は実に多忙だが、出産予定の前後は長期休暇を取る算段でいる。飛び級で大学を卒業して以来、ただでさえ働きづめだ。誰にも文句は言わせない。

準備にぬかりはない。今日は完璧にこなしてみせる。

その日、俺は仕事を午前中で終わらせて車で横浜に向かった。帝コンツェルンの傘下企業が主催する『パパママセミナー』に参加する為だ。

婚姻届を出した翌週、入籍と妻の妊娠を大々的に発表した。妊娠の報告は身内だけと思ったが、休暇を取る目論みがあったからだ。

セミナーの案内はグループ企業の社長が親切心でくれた。セミナーはベビー用品メーカーの主催で、案内を見るに充実した内容だった。

これほど胸が躍る勉強会は人生初だな。

セミナーは午後一時からだ。過言ではなく、俺はこの為に仕事を調整した。

さあ、身を引き締めろ。理想的な父親になるべく出陣だ！

動乱を戦った祖先のように、俺は士気を高める鬨《とき》の声を胸の内で上げたのだった。

いざ踏み込んだセミナー会場はそこそこの盛況だ。母親らしき女性が多く見受けられた。しかし、夫婦揃っての出席もそれなりにいるようだ。

奈緒はまだ来ていないようだな。

職場を離れる前、スマートフォンに奈緒から着信があった。

『悪阻が治まったから、これから向かいます』

日頃から苦しむ姿は目の当たりにしていた。だから『迎えに行く』と俺は言いかけた。しかし、声を紡ぐ前に思考を先読みされてしまった。

『電車の方が早いので迎えはいりません。メイドさんがつき添ってくれるので安心してくださいね』

母親になると勘が鋭く……いや、逞しくなるものだな。

子を宿して以来、奈緒はより強くなった。かかあ天下は夫婦円満の秘訣だそうだ。

妻の尻に敷かれる自分を想像して、俺は口元に微笑を湛える。

そしてパーテーションで区切られた体験ブースへと足を運んだ。

ほお、ここではオムツ交換の体験が出来るんだな。

生涯初のオムツ替えでも、そつなくこなせるだろう。

育児書は何冊熟読したか分からない。脳に刻んだ内容通りにやればいい。

そう高を括り、子育てアドバイザーの助言を辞退したのが間違いだった。

十分後、俺は最新技術を駆使した赤ちゃんロボットに手厳しい洗礼を受ける。

リアルに再現したロボットには『息子』まで備わり、ピシャッと俺の顔面に小便を発射した。

意外と冷たいな。これは……。

一瞬の出来事で目を瞑る暇もない。俺はたらっと水を滴らせ、傍らの女性アドバイザーに尋ねる。

「この小便は偽物ですね？」

「ええ。お水だから大丈夫ですよ。でも、男の赤ちゃんにはおしっこをかけられちゃうこともあって……あら、あそこのパパさんはお上手ねえ」

初老のアドバイザーは穏やかな視線をブースの隅に飛ばす。

そこにいる男は己を囲む女性陣に解説しつつ、オムツ替えの難題を攻略していた。

「可愛いママさん達、よく見てね！　こんな風に息子がぷくっと膨れたら、おしっこのタイミングだよ。でも大丈夫！　可愛い鉄砲にやられる前に息子にティッシュを重ねちゃえばいいんだ」

なるほど、鉄砲避けにティッシュを盾にするのか。見事だな。

男はロボットの息子にティッシュを被せ、俺みたいな無様な姿にならない。

感嘆の声が彼方此方から上がる中、俺はその男の首根っこを掴みに向かう。

「なぜ、お前がここにいる？」

「奈緒ちゃんに聞いたんだよ。ここでパパママ勉強会があるって言うからさ」

「誰からとは聞いてない。お前が育児を学ぶ必要はないだろうが」

しれっと言ってのける男は俺の部下、藤宮理人だ。

会話を成立させる気はないらしい。理人は瞳を瞬かせつつ声を綴った。

「どうしてさ？　育児は人手があった方がいいでしょ」

「お前はごっこ遊びをしたいだけだ。子育ては遊びじゃないんだぞ！」

ピシャリと冷淡に吐き捨てたのは、完璧なオムツ替えが妬ましかったからだ。

大人げないのを承知で無下にすると、理人が瞳をみるみると丸くする、刹那――。

「遼真君、酷い！　僕は本気なのに‼　どれだけ尽くしてると思ってるんだよ‼」

理人は耳を朱に染めて言い放つ。高らかな声はパーテーションを越え、隣のブースまで鳴り響いていそうだ。

どうやら本気で怒っている。これ以上は危険だ。

理人は穏やかに見えて厄介な性格だ。過去に拗ねたのを放っておいたら、黙秘権を行使された。俺が許されたのは半年後だ。

そうだ、こんな時こそ呼吸法じゃないのか⁉

出産時の呼吸法は育児書で習得済みだ。鎮静効果は不明だが、荒ぶる理人を宥《なだ》める為に俺はひとまず試みる。

「分かったから落ち着け。ほら、ヒーフー、ヒーフー。やってみろ」

「ヒーフー、ヒーフー。これでいいの？」

「すごいぞ！　はじめてなのに器用じゃないか！」

大袈裟に褒めちぎると、理人がえらく満足そうな微笑を浮かべる。

見つめ合う俺達がやたらと注目を浴びても、やむを得ない。

奈緒はまだか⁉ 早く来てくれ！

理人を称賛しながらも心の声で絶叫する。

それから三十分後、待ちわびた妻が現れた。顔を見るなり「遅いぞ」と恨み節を零したのは言うまでもない。


理想の父になる為、俺の鍛錬は続く。

奈緒と心を通わせた時、『これ以上の至福はない』と感じたのは間違いだ。人の幸せには上限がない。愛する人と結ばれて我が子を授かる。その子が無事に生まれて、『パパ』と呼ばれる。よちよち歩きの我が子と散歩するのは、どれほど楽しいだろう。

俺の妄想は尽きず奈緒は妊娠五ヶ月目を迎えた。

ようやく妻の体調は落ち着いた。苦しむ姿は見ていられなかったし、俺も心底安堵したが、思いがけない事件はその時期に発生した。

それは、退職した女性社員が本社の秘書室に顔を出した時のこと。

彼女はこの近くに買い物に来たらしく、生後半年の我が子を連れていた。

秘書室の女性社員に囲まれて赤ん坊はご満悦の様子だ。その愛らしさに俺の心臓は一瞬で撃ち抜かれた。

ななな、なんて可愛さだ。本当に人間か？　天使の間違いじゃないのか⁉

もう少し近くで見てみたい。欲望のまま俺は赤ん坊に歩み寄る。

そして次の瞬間、『来るな！』とばかりにギャン泣きされてしまう。

ほんの少し顔を覗き込んだだけだ。あやそうと微笑んだつもりが、なぜ……。

俺は父方の祖父に似て無駄に威圧感がある。

その自覚があるから時折冗談を言う。他人を怖がらせない配慮のつもりだ。面白くないのか、微妙な顔をされてばかりだが……。

俺の顔はそれほど怖いのか、ここまでとはショックだ。

静かに落ち込む傍らで、理人は一瞬で赤子をあやす。天性の人たらしぶりを発揮され、メラメラと嫉妬心が湧き上がった。

刹那、俺は気づいた。己の眉間に刻まれた深い皺にだ。

なるほど。俺と理人の違いは自然な笑顔だな。

答えが出たなら尽力あるのみ。俺は日常的に笑顔でいようと試みた。

口角を限界まで上げて目は弓なりに細める。鏡の前で鍛錬に励む俺に奈緒は呆れた様子だ。

「笑顔の鍛錬って、他社の面接でも受けるつもりですか？」

「そんなわけないだろう。だが、拮抗した戦いだ。ギリギリまで精進する」

「はあ……まあ、頑張ってください」

身重の妻に心配はかけられない。目的は伏せて俺は鍛錬に励んだ。悪い知らせはその頃に届いた。

何者かが奈緒の浮気を仄めかすチラシをまき散らかした。

ご丁寧にも俺の職場のそばで終業時刻を狙ってだ。不倫と罵《ののし》るチラシは何十枚もカラーコピーされていた。それを帰宅中の社員が拾い、すべてを理人が回収した。

二十年前、奈緒は中傷のビラをばらまかれた。内容は異なるが同じやり口だ。

やはり二十年前の犯人と同一人物だろう。その夜、俺は仕事を調整して理人を家に招いた。

「奈緒ちゃんには話すの？」

「いや、ようやく体調も落ち着いたんだ。ストレスは与えたくない」

「そうだね。ひとまず加工写真ってことで社内には噂を流すよ。写真の男は前回と同じ奴だけど、とっくに正体は分かってるんでしょ？」

向き合う理人の問いに、俺は瞳を伏せながら頷く。

「写真の男は奈緒の元同級生だ。同窓会にも出席していた」

「そこまで分かってるならその男に会いに行ったら？」

「写真は隠し撮りだ。男は巻き込まれただけかもしれない。ただ、これだけは言える。二十年前と今回の奈緒への嫌がらせ、そして天災騒ぎ。これらはすべて繋がっている」

俺は全身を蝕む怒りを鎮める為に目を閉じて瞑想にふけった。

それは束の間で、俺は座禅を解いて立ち上がる。

「理人と稽古に行く」

帰宅した奈緒に短く告げると心配げな面持ちを返された。

すまない、この件は必ず解決する。

秘めた思いは口にせず俺は奈緒の元を離れる。それから理人と激しい打ち合いをして、久々に愛しい妻に触れた。

「キスで満足出来ない私が馬鹿みたいです」

「……違う、俺が大馬鹿だ」

奈緒を前にしたら笑顔の練習は必要ない。きっと我が子を前にしても同じだ。

ああ、本当に俺は大馬鹿だ。

最愛の妻に寂しい思いをさせた。無駄な鍛錬に明け暮れた自分にも失笑する。

耳朶が無性に熱い。それは湯気に包まれたせいじゃない。鍛錬では身に付かない自然な笑みを浮かべ、奈緒の柔らかな唇を甘く味わった。

夫婦の営みは妊娠中でも可能だ。しかし危険は避けたい。

しばらく風呂場で愛撫してから場所を自室に変えた。

身体への負担が極力少ない座位を選び、硬い腿の上に奈緒を座らせる。

「大丈夫か？　辛くなったら教えてくれ」

「はい……あぁっ……」

温かな秘部にそっと触れただけで、奈緒が嬌声を上げる。

久々に耳にした甘い響きに俺の理性は飛びかけた。漲りは臨戦態勢だ。快感に呑まれるままに最奥まで突き立てたい。彼女に侵入したいのを必死に耐える。

「ああ、奈緒っ……愛してる」

「私も……ああ――」

そうして奈緒と触れ合った後で俺は夢を見た。

その世界で俺は空を飛ぶ鷹のごとく地上を俯瞰《ふかん》していた。

三十年前、俺は旧財閥の流れを汲む神崎家で誕生した。

一族の座右の銘は『万里一空《ばんりいっくう》』。たゆまず努力を継続すべしとの言葉に倣《なら》い、俺は幼少期から英才教育を叩き込まれた。

指導に最も熱心だったのは父方の祖父、神崎聡之介《そうのすけ》だ。

その当時、祖父は国内最大級の企業グループ『帝コンツェルン』の総帥を担った。

『経済界の氷帝《ひょうてい》』と世間を慄かせ、孫の教育にも一切の妥協がない。

『神崎の跡継ぎならば』を枕詞に、『人前で泣くな』とか『心技体を極めろ』だとかと、幼い俺に玩具の代わりに竹刀を握らせる。

学業はもちろん、客人への歓待も完璧を求めた。

ピアノの練習に武術と、祖父は子供らしく遊ぶ暇さえ俺に与えない。

そんな殺伐とした生活が続き、親戚一同が集う席で同情の目が俺に向いた。

俺の両親も度々祖父と対立したが、最後に折れるのは決まってふたりの方だ。なぜなら、俺自身の考えで祖父に服従したからだ。

敵対的買収をも辞さない祖父は『冷徹』と度々世間から咎められた。

しかし、帝コンツェルンの躍進は祖父が盤石を築いたお蔭だ。無口な故に誤解されがちだが、人員整理に心を痛める情もある。

老いても背筋をピンと張り、胸元のポケットチーフは欠かさない。強い信念を持ち、生涯を仕事に捧げた祖父を俺は尊敬していた。

とにかく厳格な祖父だったが、年に一日だけは俺を甘やかした。

その日が来ると祖父は車の運転手に休みを与えた。俺とふたりでドライブをする為だ。はじめて連れ出されたのは、忘れもしない五歳の誕生日だった。

「お祖父様《じい》、どちらに向かっているのですか？」

ハンドルを握る祖父は黙って車を発進させた。行先が分からずに尋ねると、にわかに信じ難い声が運転席から飛ぶ。

「あの世だ」

「へっ……」

祖父が至極真面目に答え、俺は助手席で血の気を引かせた。

声を失った俺に気づいたらしく、祖父がわざとらしい咳払いで応じる。

「冗談だ。だが、運転は不慣れだし集中したい。死にたくなければ黙っていろ」

確かに免許はあっても、祖父の運転は不慣れと見て取れる。まだ死にたくない俺は、黙って車に乗り続けた。

苦手なら無理に運転しなきゃいいのに……。

不思議に思いつつ一時を過ごし、ようやく目的地に到着した。

そこはレンガ造りが洒落た外観のレストランで、これほどの名店はないと祖父は言う。しかし、足を踏み入れた店内に客の姿は見当たらない。

戸惑いながらも窓際の席に着くとテーブル越しの祖父が告げた。

「ここのシェフに作れない料理はない。食いたいものを頼め。着色料たっぷりの駄菓子でも構わん」

間違いなく同年代の子供が好む、カラフルな駄菓子には関心があった。だが、『身体に悪い』と俺に禁止したのは祖父だ。思わず自分の耳を疑うと、クラシックのBGMに紛れて穏やかな声が響いた。

「遼真の好きにしろ」

その日を皮切りに、誕生日を迎える度に俺は祖父とドライブをした。

毎年、祖父は俺を同じ店に連れて行った。そこの総料理長がお気に入りの様子だった。名店と呼ばれるレストランには、やはり俺達の他に客はいない。祖父が貸し切りにしたせいだ。

勝手な想像だが、祖父は隙を見せない男だった。

孫を甘やかす自分を隠したい。そんな祖父なりのプライドがあったように思う。

毎年心待ちにしたドライブだが、それは四度で終わった。俺が八歳になった半年後、祖父が病で他界したからだ。

その訃報は経済界に激震を走らせ、葬儀の他に別れの会まで催された。

その席で俺は祖父に習ったピアノを奏でた。

当時、俺はピアノのジュニアコンクールで賞を総なめにしていた。その腕前は確かなものだし、幼稚舎から通う名門校でも学業優秀だ。

「神崎家は安泰だ」と誰もが俺の演奏に聴き惚れた。

しかし、愛する祖父を亡くして正常ではいられない。涙を見せずに立派に振る舞ったのは、祖父の教えに従っただけだ。

祖父が天に昇った後も俺は邁進し続けた。心を奮い立たせ、倒れるまでのレッスンを望む。それが祖父の願いだと思ったからだ。

「別れの会ではミスタッチが二度もあったぞ！」

「お祖父様は八歳で三カ国語をマスターしたんだ！」

「神崎家の跡取りならば、もっと精進しろ！」

父と母は子供らしい生活を求めたが、俺の心には響かない。

その姿はまるで舵取り役を失って大海原《おおうなばら》を漂う船舶だ。そんな無茶を続けていたら、いつかは燃料が尽きてしまう。

やがて身も心もボロボロになりかけた頃、意外な人物が神崎邸を訪れた。

俺の自室のドアを叩いたのは、祖父と足を運んだレストランのシェフだ。

使い慣れた料理道具を持参した彼は、祖父の遺言を打ち明けた。

「君のお祖父さんの遺言でね。『自分が死んだ後も孫の誕生日に料理を振る舞って欲しい』って、百回分のリザーブ代をいただいているんだ」

ぽつぽつと言葉を連ねた彼はそこで慌てた。俺の瞳から涙が溢れたからだ。

「忘れて……た。今日は僕の誕生日……、あれ？　なん……で……」

なぜ感情が溢れたのか、自分でも分からない。

祖父の気遣いに心打たれた、嬉し涙かもしれない。

習いたての曲を上手く弾けない、悔し涙かもしれない。

どんな理由にせよ、俺は赤子のように顔を真っ赤にして泣き続けた。

鼻まで垂らすみっともない姿だが、実に子供らしい。

俺の両親はその姿に思うところがあったようだ。ほどなくして父は彼を神崎家のシェフに雇った。

その男の名は高瀬匠。俺が生涯愛する女性の父親だ。

匠さんの家族が別邸で暮らしはじめ、荒廃《こうはい》した俺の心は癒されていった。

「遼真君、勝負よ！」

奈緒は負けん気が強く、俺によく勝負を挑んだ。

彼女とは歳の差もあるし、俺はご機嫌を取ろうと手を抜いた。だが、奈緒はやたらと勘がよかった。彼女は手加減をされたと知るなり、わんわんと泣き喚く。だから仕方なしに、奈緒との戦いは全力で挑んだ。

「奈緒。いざ、勝負だ！」

うららかな春の日、俺達は土手で勝負した。

どちらが多く土筆《つくし》を見つけるかの単純なゲームだ。それに、俺はあっさり敗北した。

嘘だろ……。なんで俺が負けるんだ？

俺には植物学の知識がある。だから、土筆が生えていそうな場所をピンポイントに探した。片や奈緒はタンポポに気を取られたり、のんびりと当て所なくぶらぶらしただけ。

奈緒は野生の勘が鋭いのか？　必死になったのが馬鹿みたいだ。

それでも負けは負け。『降参だ』と素直に敗北を認め、俺はごろりと土手に寝転ぶ。

ああ、いい天気だなあ。

仰ぐ空は青く、形を変えつつ漂う雲が己の姿と重なった。

俺は随分と生き急いでいた。カリスマと称された祖父の背中を追い、最短コースを選んでただただひた走った。いまの俺を見たら、祖父はどう思うだろう。

俺は知らなかったが、祖父は余命宣告を受けていた。

孫を甘やかす余生もあった。その方が心穏やかに過ごせたと思う。

それでも祖父は俺を厳しく躾けた。俺の行く末を案じていたからだろう。

生前の祖父は確かに厳しかった。だが、俺の限界を考えて指導した。

師である祖父を失い、俺は息をするのも忘れて走った。そんな無謀な走りではゴールに辿り着けない。そんな幼児でも分かることを忘れていた。

こんなんじゃあ、お祖父様に叱られちゃうな。別にいいんだ。こんな風にのんびりしたって。志があれば目指すゴールには辿り着ける……。

人生は長い。その道のりをただ進むのは困難だ。

寄り道をしたっていい。くたびれたら道端で寝転んだっていい。

ゆっくり走ったら景色も違って見える。世界の美しさにも気づく。常識では考えられない場所に宝物だってあるかもしれない。

奈緒はすごいなあ。俺の知らないことを知っているんだ。

学術書では学べない、生きる上で大事なことを奈緒にはたくさん教わった。

まだ幼い彼女は俺にくっつくのが大好きだ。日当たりのいい土手の傾斜に寝転んでいたら、いつものように俺の腰に抱きついた。

「遼真君の負けだから、奈緒におしおきよ！」

「勝った方はおしおきされないんだ。奈緒のお願いを聞いてあげる」

「それじゃあ、遼真君と結婚する。じぇったい、約束よ！」

指切りを求める奈緒に、俺は満面の笑みで応えた。もしそうなれたら楽しいだろうと、まだ見ぬ未来を描いて……。


そうして楽しい日々は過ぎ、俺は十歳の誕生日を迎えた。

当日、袴姿の俺は厳しい選択を強いられた。神崎の系譜は古く、戦国を生き抜いた祖先は十代前半で正室を迎えた。一族の血を絶やさぬ為、その習わしは形を変えて現代に引き継がれている。

日本の法律上、十歳での婚姻は不可能だ。

しかし両家で許嫁の契《ちぎ》りは交わせる。着飾る少女達を前にして俺は悩んだ。

この場でひとりを選べって、誰にすればいいんだ？

この家の跡継ぎは十歳の誕生日に許嫁を決め、三十歳までに籍を入れるしきたりだ。

選ばれた少女はすぐさま花嫁修業に勤《いそ》しむ。

名家に相応しい良妻賢母《りょうさいけんぼ》になる為だ。祖母も母も『神崎家に泥は塗れない』と例外なくその道を歩んだ。

俺の両親は相思相愛で幸せそうだ。俺が選ぶ少女は母のようになれるだろうか。

大広間に集う少女は出自の立派な令嬢ばかりだ。己の両親に紹介される間も、『私こそ』と堂々たる振る舞いでいる。だが、その内の何名かは俺と目すら合わせない。

可哀想だな。きっと無理矢理連れて来られたんだ。

神崎は一族の結束が強い。本家の当主は帝コンツェルンの総帥の座に就くが、枝分かれした一族からも大物政治家を数多く輩出している。

『盤石な地位を築く神崎家に嫁げば幸せになれる』

少女達の両親はそう信じて疑わない。

俺の選択がひとりの少女の人生を決める。それは例えようのない重圧だった。

もう……駄目だ。

挨拶まわりの最中、俺は吐き気をもよおした。傍らの父に耳打ちをして大広間を後にする。廊下に出ただけで気分がよくなった。プレッシャーから解放されたからだろう。

まだ戻りたくないな。少しだけならいいか。

『すぐに戻れ』と父には命じられた。しかし、束の間でも外の空気を吸いたい。

俺は使用人の目を避けて屋敷の外に出た。その途端、爽やかな風が俺を癒してくれた。

どうすればいいんだ。お祖父様、俺はどうすればいいですか？

目を瞑りながら空を仰ぎ、野鳥のさえずりに耳を澄ました。そこで誰かが腰の辺りにしがみつく。目を閉じたままでも、それが奈緒だと分かった。

「遼真君、お病気なの？」

弱々しい声が漏れ、奈緒と目線を合わせる為に俺はその場にしゃがんだ。

「違うよ。どうして？」

「だって泣きそうなお顔だもん。虐められたの？」

「そうじゃないよ。でも辛いかな。これから結婚相手を選ばなきゃいけないから」

俺はその人を幸せに出来ないかもしれないから……。

心の声は口にせず、「また後で」と奈緒に別れを告げる。しかし、いっそう強く抱きつかれて身動きすら出来ない。奈緒は時々我儘になるから、「ヤダヤダ」と暴れるのを諭そうとした。その時、悲痛な叫びが辺りに響く。

「遼真君、お嫁さんに行ったら駄目！　奈緒と……ずっと……一緒だもんっ……」

嗚咽交じりに紡ぐ声は切れ切れになっていった。

嫁に行くのは俺じゃないんだけどな。

おかしな勘違いに苦笑すると横殴りの風が吹く。

傍らの大木が風に揺れ、そのざわめきと共に耳の奥で声が木魂した。


『遼真の好きにしろ』


それは年に一度、俺を甘やかした祖父の言葉だ。

広間にいる誰よりも奈緒は俺を求めている。それが大事な事実だと、祖父に教わった気がした。

なんて都合がいい。どれだけ身勝手だ。大馬鹿者だ。

己を散々罵り、それから奈緒の手を引いて大広間に戻った。

『奈緒を選ぶ』と声高に宣言するつもりでいた。だが、彼女に先を越される。

「遼真君は奈緒と結婚するの！」

彼女の大胆な発言は、料理の配膳中だった彼の両親を仰天させた。

「おい、お前……。何を言い出すんだ!?」

「そうよ、奈緒こっちに来なさい！」

慌てた彼等が奈緒を連れ去ろうとする。騒動に気づいた両親の顔も視界に入ったが、
俺は奈緒を背に隠した。

「いいんです。僕は奈緒を選びます」

俺が宣言した刹那、父から平手打ちを食らった。

父に手を上げられたことはない。しかし俺は怯まない。毅然と父と対峙《たいじ》する。

「父上は『この場でひとりを選べ』と仰りました。僕は奈緒を選びます」

「お前は間違っている」

父は俺を厳しくたしなめた。それでも俺が折れないと広間は騒然となる。

この場にいるのは誉れ高い名家の令嬢だ。己が選ばれずとも、それなりの出自の少

女なら渋々でも納得は出来る。だが、選ばれたのは使用人の娘だ。

親達の怒号が飛び交い、泣き喚く少女もいた。

彼等の姿に胸を痛めたが、俺は罵詈雑言《ばりぞうごん》を浴びても考えを改めない。

奈緒は透明だった俺の心に色を添えた。

それを承知していた母は時間をかけて父を説得した。奈緒の両親も戸惑いつつも俺の希望を尊重した。事件はそれからほどなくして発生した。

何者かが中傷のビラをまき、奈緒は真っ暗な小屋に監禁された。

恐ろしい雷鳴は幼い心にトラウマを植えつけ、奈緒は悪夢に苦しんだ。

『環境を変えたら改善するかもしれない』

ある日、俺は父が家に呼んだ医師の話を盗み聞きした。

そっか。子供は脳の発達が未熟なのか。

奈緒はまだ幼い。悪い記憶も時間で治癒する可能性がある。

それにはおぞましい体験をした場所から離れた方がいい。

俺は医学書を読み漁り、自分なりの答えを出した。

この地を離れたら奈緒の症状は改善するかもしれない。

だが、それだけでは不十分だ。何かのタイミングで記憶が戻ったら、その都度奈緒が苦しむ。最悪な事態を避ける為に俺は保険をかけることにした。

その日から俺は水彩画を描きはじめた。

主人公の姫はナオ。王子様は名無しの敬称だけ。

王子がピアノを弾いて姫が笑う。

水彩画の似顔絵をプレゼントする王子に大好きと姫は抱きつく。

負けず嫌いの姫様はお転婆で王子に勝負を挑む。

雷鳴が轟く中、姫は魔王に攫われて真っ暗な檻に閉じ込められた。

『奈緒の世界に俺はいない』

『恐ろしい体験は絵本のストーリーだ』

そんな思いを込めて、ふたりの思い出を絵本の中に閉じ込めた。

奈緒、どうか俺のことは忘れて……。これでいい……いいんだ。絶対……。

懸命に堪えても涙が溢れる。ぽつぽつと涙の雨に打たれたキャンバスに、俺は絵の具を重ねていった。

高瀬家が神崎邸を離れた後も、年に一度は匠さんと会った。

律儀な彼は祖父の遺言に従い、俺が世界のどこにいても関係ない。何事もなかったように『誕生日おめでとう』と俺を祝いに現れた。

ある年、匠さんの料理を味わっていたら突飛な話をされた。

「最近、生意気な弟子が出来てさ。俺より上手く作れるとか言いやがる。奈緒って言うんだけどな。来年はふたりでお祝いしてもいいかな？」

その頃、成長した奈緒は俺を完全に忘れていた。保険が効いたらしく、恐ろしい体験は絵本上の出来事だと錯覚したらしい。

「お断りします」

奈緒の経過は匠さんから聞いていた。

せっかく平穏な暮らしに戻れたんだ。俺と再会したらおぞましい記憶が蘇るかもしれない。

必ずしもそうとは限らない。だが、僅かな可能性でも避けたい。

俺は即座に拒絶した。すると匠さんが声音に悲しみを宿らせる。

「いつまで絵本の世界に閉じ篭るつもりだ？　そろそろいいんじゃないかな」

すべてを見透かされ、俺の右手からフォークが滑り落ちる。

カシャーンッと床を打つ音が俺達の間に沈黙を宿した。匠さんは新しいフォークを俺に渡し、絞り出すように話を続ける。

「辛い経験も含めて奈緒の人生だ。親馬鹿だと思うけど優しい子に育ってな。最近よく言うんだ。『自分の知らないところで、大事な人が傷ついていたら嫌だ』って。俺は教えてやりたい。『絵本の王子様は実在する。不器用だけど、世界一お前を想ってる優しい男なんだ』って」

俺は奈緒を不幸にした。そんな男に匠さんは手を差し伸べる。

その慈悲深さに心が打たれると彼が歯を見せて笑った。

「奈緒は未だに雷が苦手だ。でも、いつか乗り越える。俺は娘を信じる。遼真君、君にも信じて欲しい」

匠さんの申し出は嬉しい。だが、その場で答えは出せなかった。

そして数ヶ月後、彼は交通事故に巻き込まれて他界した。

それから意外な人物が俺に会いに現れた。奈緒の母だ。

夫婦は似た者同士というが、彼女もまた清らかな心の持ち主だった。

匠さんは祖父からの小切手に手をつけなかった。

彼女は亡き夫から預かった小切手を差し出し、それから彼の手帳を俺に見せた。

「奈緒と会ってはみませんか？　主人もそれを願っています」

俺を気遣う高瀬夫妻の厚意は嬉しい。だが、俺との再会はトリガーにならないだろうか。

奈緒は本当に大丈夫か？　また悪夢を見るようになったら……。

その懸念はどうしても拭えない。彼女の申し出を断ると、「匿名でいいので、夫の代わりに娘の誕生日を祝って欲しい」と頼まれた。そうして俺達はＳＮＳ上で交流しはじめる。

やがて時は流れ、奈緒が屋台村に出店した。

その屋台村は俺の職場と目と鼻の先だ。もちろん偶然じゃない。俺の母の企みだ。

母の実家は大手外食企業を一族で経営している。

母はその伝手を使い、俺の勤務先のそばに屋台村を作らせた。それを奈緒の母に伝え、彼女はあの屋台村に出店したのだった……。

夢の世界で俺は、奈緒と再会を果たそうとしている。

理人が弁当を買い忘れ、俺は渋々奈緒の店へ向かう。

奈緒は俺に気づくだろうか……。

そうであって欲しい。いや駄目だ。

俺は胸の内で葛藤《かっとう》しながら桜で色づく公園に足を運んだ。

そして奈緒と対面しかけた時、俺は現実世界に舞い戻った。

楽しい夢だったが、やはり現実の方がいい。

身重の妻とは久々にスキンシップを取った。奈緒は少し疲れたみたいだ。

安らかに眠る彼女の髪にそっと口づけを落とす。

奈緒は母親から絵本の秘密を聞いたらしい。眠りにつく前『いつかラストを描き直してください』と俺に強請《ねだ》っていた。

モデルは俺達なんだし、確かに描き直した方がいいな。その前に解決すべき事案がある。

今日、奈緒は二度目の中傷を受けた。

不倫だと罵るチラシが俺の脳裏に蘇り、全身に憤怒を滾らせる。

駄目だ。ネガティブな感情は空気が淀む。

俺は窓を開けようと寝床から半身を起こした。その矢先、廊下と襖を隔てた先に気配を感じる。

「そこにいるのは雅だな」

彼女が好む香の匂いが鼻腔を微かにくすぐる。

俺の読みは正しかった。襖がスッと横に引かれ、雅が膝を合わせた姿勢で低頭する。

「お休み中に失礼いたします。帰る途中、不快なチラシを拾ったもので」

雅は静かに告げて畳敷きに拾い物を広げる。一瞥で見分けたそれは、奈緒を中傷するチラシだ。

「この辺りもやられたか。すべて回収済みだな？」

「はい。この辺りとは……、別の場所でも同じことが？」

「ああ、この件は奈緒には内密で動く。他言無用だ」

「承知いたしました」

雅は恭しく頭を垂れてから襖に手を添える。

彼女の姿が視界から消える前に、俺は静かな声で尋ねる。

「雅、お前の思惑通りに進んで満足か？」

「一体、何のことでしょう？」

雅は白々しく答えて面持ちに笑みを浮かべた。

会釈をして襖を閉めた彼女は、それなりに裕福な家の生まれだ。

雅の実家は代々神崎家の総執事を務めている。彼女は実母に教養を叩き込まれ、二十六で神崎家の総執事に就いた。

その数年後に、雅は俺の第二の許嫁になった。

当時、俺の元には分家から縁談話が途切れなく舞い込んでいた。『本家の血を絶やす気か』との圧力があり、見かねた雅が提案したのだ。

『私はあくまで第二の許嫁。どうしてもお相手が見つからない場合は、跡継ぎを作りましょう』

どこまで本気か知らないが、冗談半分の申し出に俺は乗ったわけだ。

ふと、奈緒が眺めていた祝いの品を手に取る。

オフホワイトの紙袋の中身は意外な人物からの贈り物だ。

紙袋には男児のベビー服の他に、新作紹介のパンフレットがあった。

オーガニックコットン素材のベビー服は無染色が一般的だが、こちらの新作は多彩な色味を取り揃えてある。独自に開発した天然染料《せんりょう》を使用しているようだ。

「来年の発売か……」

新作が店頭に並ぶ頃、我が子は産まれているだろう。

想像だけで心が安らかになる。まだ見ぬ我が子に感謝しながら、再び夢の世界に落ちていった。

第九章　決断

天気に恵まれた午後、私は城ヶ崎さんの店に向かった。

ベビー服の礼は遼真さんが手配してくれたし、それとは別件だ。

お祝いと一緒に貰った新作パンフレットに私は興味津々だった。

平日の電車は空席が目立ち、私はドア付近の座席に腰かける。緩やかに発車する車内で新作パンフレットをしげしげと眺めた。

どれもカラフルで可愛いなあ。シリーズで揃えたくなっちゃう。

すでに子煩悩な遼真さんには『子供の物は好きに揃えていい』と言われている。とはいえ彼の稼ぎばかりには頼れない。私好みの買い物は貯金を崩して揃えていた。

今日は体調がいいし、駅から歩いて行こうかな。

電車に揺られた後、私はショッピングモールまでの道のりを徒歩で進んだ。

そうして彼女の店を訪ねて自分の過ちに気づく。

「奈緒さん、ごめんなさいね。この新作は来年の発売なの」

「こちらこそ、すみません……」

馬鹿、馬鹿。どうして発売日を見落とすの！

ベビー服の可愛さに目が奪われて、痛恨のミスをした。

新作パンフレットを胸に抱いたまま、そそくさと退散しかけた矢先。

「奈緒さん、せっかくだしお茶でもしましょう。ちょっと込み入った……相談したい件があるの」

「えっと……はい」

彼女とは親しい間柄じゃない。よき相談相手にもなれそうにない。

それでも申し出を受けた。含みを持たせた言葉に引っかかりを覚えたからだ。

一体、どんな相談だろう。

首を傾げながらも、誘われるままにモール内のカフェに移動する。

店内は昼時で混み合っていたものの、ふたり用の空席がひとつだけあった。

「二名様ですね。こちらへどうぞ」

にこやかに対応した店員に案内され、私達は窓際の席に着く。

城ヶ崎さんは私と向かい合って座るなり、ブレンドコーヒーを注文する。私だけメニューを見るわけにもいかず、カフェにありがちなオレンジジュースを頼んだ。

そして店員がテーブルを離れ、彼女が開口一番に告げる。

「奈緒さん。あなた、うちの社員と不倫しているんですってね」

「まさかっ……違います」

まったくの事実無根だ。私は声を荒らげたい衝動を懸命に堪える。テーブルに手をついて訴えたら、彼女が持参した封筒を開けた。

「それじゃあ、この画像の女性は奈緒さんとは別人？　男の方はうちで働く相馬よね？　ふたりの不倫を告発するチラシも本社に届いたのよ」

彼女は冷淡に告げて、数枚のカラープリントをテーブルに並べる。

画像は確かに、私と相馬君だ。

肩を寄せ合って歩く姿、ホテルの部屋に入る姿、道端で親しげに話す姿。画像はどれも隠し撮りに見えた。

「確かに私と相馬君です。でも彼とは同窓会で再会して、道端で立ち話をしただけです。不倫だなんて思われたら相馬君だって迷惑です」

「迷惑？　相馬は不倫を認めたわよ。肉体関係を持っているんですって？」

彼女の言葉に恐怖にも似た衝撃に襲われた。絶句する私を眺め、彼女は瞳に憐れみを宿す。

「困ったわね。奈緒さんは遊びのつもりでも、相馬は本気みたいよ」

「違います！　本当に彼とはそんな関係じゃないんです!!」

どうして相馬君は嘘をついたの……。

なぜ彼が不倫を認めたのか、到底理解出来ない。

私は唇を小刻みに震わし、悲痛な叫びを城ヶ崎さんにぶつける。真剣な訴えが心に届いたのか、彼女は微笑みながら私に案を提示した。

「誤解があったみたいね。相馬と電話で話したらどう？　この時間なら本社にいるはずよ。どうぞ、この電話を使って」

「ありがとうございます」

相馬君の連絡先は知らない。対面からスマートフォンを差し出され、私は有難く拝借した。通話画面にはすでに『本社資材部』と表示がある。

本社資材部が相馬君の部署名なのね。彼と話さないとっ……。

私は薄型のスマートフォンを耳に押し当てる。数コールの後、相手側の応答があった。

「あのっ、高瀬……いえ、神崎と申します。相馬さんをお願いします！」

焦りを隠せずに告げると、電話越しの女性から息を呑む気配がした。僅かな沈黙の後、彼女が声色を固くした。

「相馬は席を外しております。失礼ですが、ご社名もお願い出来ますか？」

「いえ、仕事関係じゃないんです。すみませんっ、失礼します」

女性の声に刺々しさを感じて、私は口早に話して電話を終える。

ひょっとして電話の女性に勘違いされた？

仕事関係を否定したら、私用電話だと彼女は思うだろう。そこまで考えが及んだ時、ふっと嘲笑う声が私の耳に届いた。

「相馬は不在だったみたいね。神崎って名乗ったら、ますます誤解されちゃうわよ」

城ヶ崎さんは言葉とは裏腹に薄らと微笑む。そしておもむろに立ち上がり、蔑みを含む表情で私を見下ろした。

もしかして……、意図的に……誤解させたの？

私の考えが正しいなら彼女の術中に嵌まった。

どうか違っていて欲しい。願いを込めて上目遣いに彼女を見つめる。刹那、勝ち誇った笑みを返され、身体が悪寒《おかん》のように震えていく。

「奈緒さん、それではご機嫌よう」

呆然となる私の手から彼女はスマートフォンを奪う。そして注文の品を届けに来た店員から伝票を受け取り、ツンと顎を突き出してこの場を離れた。

策略だとしたら、なんて冷酷なんだろう。

身体の機能が狂った風に微動だに出来ない。

彼女の姿が消えても尚、私は時間を忘れて呆然とした。


ガタンと身体を揺らす衝撃に私はハッとする。

瞬きを何度かした後、電車に乗って帰る途中だと思い出した。

『相馬は不倫を認めたわよ』

彼女の声が頭の奥で響き、私は途方に暮れる。

電話の女性の感じだと、私と相馬君は不倫関係だって知れ渡ってるよね。城ヶ崎さんの提案に乗って、電話をするんじゃなかった。

あの時、相馬君が不倫を認めたと知って冷静さを欠いた。

いくら考えても分からない。どうして相馬君は嘘をついたりしたの？

ふと窓の外を見やる。車窓に映る風景を眺めながら、抗えない闇に呑まれそうな自分に活を入れた。

車窓越しでは群れをなす鳥が形を変えて、空を飛びまわっている。

天にも届きそうな彼等を羨み、ただじっとガラス窓を見つめた。

遼真さんに相談するしかない。でも……。

彼があのカラープリントを見たら何を思うだろう。

順を追って説明すれば、きっと信じてくれる。でも僅かでも疑われたら辛い。想像だけで胸が裂かれたように痛んだ。

電車は緩やかなブレーキをかけて駅に到着した。

見慣れた風景が車窓越しに見え、ふらりとドアに近づいて駅に降り立つ。

遼真さんに早く会いたい……。

私はその一心で駅の改札を過ぎ、タクシーに乗って神崎邸に向かう。

車は駅前のロータリーを抜けて街を走り、やがて立派な門扉に滑り入った。そして速度を緩やかに花々が息づくガーデンを抜けて、二階建ての豪邸の前に停車する。

門扉の監視カメラを確認したのか、和装姿の雅さんが迎えに現れた。

「奈緒様、おかえりなさいませ」

「雅さん、遼真さんは帰宅しましたか？」

「ええ。ですが、まだ書斎で仕事中です。奈緒様は、どうぞこちらへ」

彼女は見本のような物腰で会釈し、本館の廊下を奥へと進む。

ここ最近、彼女はえらく親切だ。悪阻が苦しい時は私の背中を擦り、どこで学んだのか出産時の呼吸法まで教わった。

私が身重になる前、彼女の言動は刺々《とげとげ》しかった。それがいまや、人が変わったように穏やかに接する。

雅さん、本当に雰囲気が変わった。何か心境の変化でもあったの？

先を行く彼女の背中を見つめ、私はあれやこれやと思案する。

しばらくして私達は本館南側の部屋に到着した。ここは以前、藤宮さんにも案内されたピアノの練習部屋だ。

式典以来、私は幼少期の記憶を取り戻しつつある。

ここはお気に入りの場所だった。南向きの部屋は一日を通じて明るい陽光が注ぎ、とても居心地がいい。

昔、遼真さんはここでピアノの練習をしていた。

私は優しい曲調を子守唄にして昼寝をするのが日課だった。

この部屋には幸せな思い出が詰まっている。藤宮さんはそれを承知の上で、私をここに誘ったのだろう。

あの日、遼真さんの素性を知った私は酷く動揺した。その心を癒す為に藤宮さんはここに招いた。彼の優しさに感謝しながら、誘われるままに部屋に入る。

雅さん、この部屋で何をするつもりだろう。

ピアノでも披露してくれるのだろうか。でも、彼女はピアノに見向きもしない。

「あの、雅さん。ここで何かあるんでしょうか？」

「少々お待ちくださいませ」

彼女は上品な笑みを湛え、視線をドアに向けた。その頃合いを見計らったように、大勢のメイドが廊下から現れる。彼女達は恭しく一礼をして、私のそばに集結した。

そして彼女達は真剣な面持ちで意見を飛び交わせる。

「臙脂色《えんじ》はどう？」

「駄目よ、訪問着にしても地味すぎるわ」

「この反物《たんもの》はどう思う？」

彼女達は着物を仕立てる反物を私に近づけ、熱心に相談中だ。

状況が読めずにポカンとすると、雅さんにそっと耳打ちをされた。

「ここの使用人は、当主の奥様に出産祝いを贈る決まりなんです」

「それも代々続く習わしのひとつですか？」

「はい。ここにいる誰もが奈緒様のご出産を心待ちにしております」

彼女は優しげに微笑み、綺麗な所作でメイド達の元に歩み寄る。

「あなた達、これにしたらどうかしら？」

この屋敷のメイドは雅さんに絶対服従だ。彼女の鶴の一声により、生地に桜を配した反物が選ばれた。それで用事は済んだのか、メイド達はぞろぞろと列を成して部屋を出る。その最後に退出しかけた彼女を私は呼び止めた。

「雅さん、待ってください。あの……」

ずっと彼女に聞きたかった。でも決心がつかずに、ここでもまた躊躇する。

はじめての遊具《ゆうぐ》に興味津々なのに一歩踏み出せない。そんな子供みたいな私に、雅さんは柔らかい声音で促した。

「何かお困りですか？　私には何なりとお申しつけください」

「ありがとうございます……。実は、ずっと雅さんに聞きたかったんです。どうして遼真さんの二番目の許嫁になったんですか？」

彼女の実家は代々神崎家の総執事を務めてきた。

最近、ある事実をメイドから聞いた。遼真さんが妻《めと》を娶らない場合、彼女が跡継ぎを作る計画があったという。それについて遼真さんはきっぱりと否定した。

『煩い分家を黙らせる為だ。雅だって本気で子作りをする気はない』

彼の考えはそうでも、雅さんの心は分からない。

不安を胸に宿して正面から彼女の瞳を見据える。僅かな沈黙の後、彼女が笑った。

「私が第二の許嫁になったのは、騒がしい分家を黙らせる為です」

「それ以外に遼真さんを……、いえ何でもありません」

やはりこの質問は不躾だ。慌てて口を手で覆うが、間に合わなかった。

「遼真様に特別な情はございません。奈緒様があまりにも鈍い……いえ、お気持ちに素直じゃないので、意地の悪い態度を取っただけですよ」

「えっ、それじゃあ……」

「総執事の前に私も女です。跡継ぎの為とはいえ、好きでもない男性と子作りに勤しむのは御免ですから。おふたりを正式に婚姻させるべく、恋心をくすぐるライバル役を演じておりました。心からお詫び申し上げます」

「こ、こちらこそご心配をおかけして……」

なんだ、雅さんが挑発的だったのは演技だったのね。

雅さんが深々と腰を折り曲げ、私も等しく頭を垂れる。

彼女の胸の内を知れて安心した。ほぼ同時に、私達は上体を起こして微笑み合う。

「遼真様のお仕事が終わったようですよ」

ふと窓を見やった彼女の視線を追うと、広大なガーデンに佇む遼真さんを見つけた。

彼は濃紺の着物を身に着け、ただじっと鎌倉の山々を眺めている。

その姿を目に捉えた途端、彼は視線をこちらに飛ばした。

視線が合うだけで未だに胸が高鳴る。一体、どれだけ彼を愛しているのだろう。

遠くにいる彼が僅かに口角を上げ、本館にいる私の元へと歩を進める。それを止める為に、窓を開け放った雅さんが声を上げた。

「遼真様はそこでお待ちください」

本館には裏口があり、この部屋のすぐそばだ。

そこから彼女と外に出ると、いつの間にか太陽が西に沈みかけていた。私と雅さんは影を細く伸ばしながらレンガ造りの道を進む。そして遼真さんと出会った。

「奈緒、帰っていたんだな。少し散歩でもしよう。雅も一緒にどうだ？」

「私は仕事に戻ります。どうぞ、おふたりで」

雅さんがいそいそとこの場を離れると、遼真さんがそっと私の手を引く。

沈みゆく太陽は美しく、オレンジ色に染まるガーデンをふたりで散策していった。

相馬君とのことを話さないと……。

日は落ちきってないのに、私の心は夜の闇に覆われたように暗い。

彼の職場はきっと不倫騒動で持ちきりだ。私が電話して疑惑はより深まっただろう。男の人とホテルで写真を撮られたら、不倫と思われても仕方がないのかも……。

同窓会の日、私は悪阻でふらふらで相馬君の肩を借りた。ひとりでは歩けない状況だったものの、傍から見れば仲睦まじい姿にも見える。街中での写真も同じ。あの日、相馬君とは赤ちゃんのエコー写真をふたりで眺めた。写真に撮られた私達は楽しげに笑い合い、まるで新婚夫婦のようだった。

偽りなく話せば遼真さんは信じてくれるだろう。

でも、彼の立場を思うと申し訳ない。不倫の噂が広まれば彼にも迷惑がかかる。

やりきれなさが募り、私は足元から崩れ落ちそうになる。

瞳に涙の膜が張って懸命に感情を抑えた。人目を憚《はばか》らず泣きたくなるのを堪え、無理にでも口角を引き上げてから言う。

「綺麗な夕日ですね」

心からの言葉とは違う。適当な話題を振っただけ。

最良な話の切り出し方が分からない。思い悩んで、ふと隣の彼に視線を流す。

漆黒の瞳は遥か遠くを見据えていた。瞬間、彼が繋いだ手にそっと力を込める。

「奈緒。少し練習につき合ってくれ」

遼真さんは静かな声を風に飛ばし、レンガ造りの道を引き返す。

そうして私はピアノの練習部屋に戻った。彼は部屋のドアを開けるなり、即座にピアノと向き合う。私を傍らに立たせ、ピアノの旋律を響かせていった。

この曲、式典でも聴いた……。確か、遼真さんが子守唄代わりに作ってくれたっけ。

美しい音色がトリガーとなり、思い出の日々が私の脳裏を駆け巡る。

私達の出会いは、うららかな春の日だ。神崎邸は童話の世界のお城みたいで、ピアノを奏でる彼は大人びた横顔が素敵だった。

優しい旋律がひとつずつ思い出の蓋を開けていく。堰を切ったように想いが溢れ、涙がぽたりと床に落ちる。泣くなと抗っても無理だった。この曲を聴いたらどうしたって……。

心を込めた音色が鼓膜まで響き、私は唇を両手で覆う。

不倫騒動を地元の住民が知ったら騒ぎ立てるだろう。

『ふしだらな嫁を娶ったら、新たな天災が起きる』

そんな騒動が起きたら分家だって黙ってはいないはず。

二十年前、彼は絵本の世界に閉じ籠ってまで私を守った。きっと今回も私を中傷から守る盾になる。悪意から私を遠ざける為に先陣を切って戦いを挑むはずだ。

どれだけ劣勢でも諦めない。彼は誰よりも強くて優しい。そんな彼だから惹かれた。彼を愛した。私は最愛の彼の足を引っ張ってばかりだ……。

いつしか音色は鳴りやんでいた。

声も上げずに目を熱くしていたら、温もりが私の肩に落ちた。

「奈緒、何かあったんだな?」

見上げれば、遼真さんが優しげな眼差しをくれる。ふたりの視線が絡まり、いっそう涙が止まらなくなった。

「ごめん……なさい。私、すごく迷惑をかけてしまいます」

「それは奈緒の元同級生が関わる件か?」

「えっ……、知っていたんですか?」

「ああ。奈緒に黙って処理するつもりだった。そこに座って話そう」

遼真さんは私の涙を指で拭い、「すぐに戻る」と言い残して部屋を離れた。

それから五分もせずに彼は戻り、温かい紅茶を淹れてくれる。

「ブレンドしたノンカフェインだ」

「ありがとうございます」

気遣いに謝意を伝え、私はカップとソーサーを手に取る。一方、彼は自身のカップに目もくれない。私が紅茶を一口味わってから告げた。

「奈緒の不倫をでっち上げたのは城ヶ崎美琴だ」

彼の言葉は衝撃的で、私は息を呑んで固まった。

驚愕と憤激の感情がない交ぜになり、両手がガタガタと小刻みに震える。その矢先、繊細なプラチナをあしらったカップとソーサーが攫われた。

傍らに座る遼真さんの仕業だ。動揺した私が紅茶をぶちまけない為だろう。

カップとソーサーがテーブルに置かれ、彼の配慮に感謝しながら問う。

「なんで……、どうして彼女がそんな真似をするんですか？」

「奈緒を神崎家から追い出す為だろう。城ヶ崎の会社はある不正を隠す為に、裏で政治家に働きかけている。神崎家は政財界と繋がりが強い。より太いパイプがある俺に取り入る為に奈緒が邪魔だった」

城ヶ崎さんがそこまで考えていたなんて……。

彼女の企みを知り、ぞわりと背筋が震えた。そんな私とは裏腹に、遼真さんは努めて冷静に尋ねた。

「奈緒は元同級生との件を、なぜ知っているんだ？」

遼真さんは不倫騒動とは言わずに言葉を濁す。彼は本当に思いやりがある。彼らしい気配りのお蔭で、心が徐々に平静になった。

「実は今日、城ヶ崎さんに相馬君との写真を見せられたんです。相馬君の職場にも電話をしました。彼女から相馬君が不倫を認めたって聞いたので……。ブルーバードは今頃、すごい騒ぎだと思います。本当にすみません」

「奈緒が謝る必要はない」

遼真さんは瞳に憂いを滲ませ、私の背中を逞しい腕で包んだ。

硬い胸板に顔を埋めてしまい彼の表情は分からない。けれど、確たる決意を宿した声が辺りに響いた。

「城ヶ崎には必ず罰を与える。奈緒を二度と酷い目には遭わせない」

彼は私の不貞を微塵も疑っていない。僅かでも不安だった分、もっと近くにいたい。思うままに広い背中に手をまわすと、彼がより強く私を抱き締めた。


一週間後、肌寒い夜に私は神崎邸の本館に向かう。

本館の大広間はゲストを集めたパーティーの真っ最中だ。

この三日、私は神崎邸を離れて実家に戻っていた。私と相馬君の不倫騒動はこの辺りに知れ渡った為、身重の妻を思いやる遼真さんの計らいだ。

「奈緒様、足元にお気をつけください」

私を乗せた高級セダンのドアが開くなり、雅さんが手を差し伸べる。

おもむろに掴んだ手は真っ白で、指先は氷のように冷えていた。

雅さん、ここでずっと私の到着を待っていたのね。

彼女は実に真面目だ。だからこそ遼真さんは強い信頼を寄せている。

彼は城ヶ崎さんの企みを私に話した後、雅さんをピアノの練習部屋に呼びつけた。

そして不倫騒動の真相を彼女にも話した。

すべてを知った雅さんは殺気立った微笑を浮かべたのだった……。

『遼真様、徹底的に懲らしめてくださいませ』

あの時の雅さん、迫力あったなあ。それくらい城ヶ崎さんに怒ってるってことよね。

名演技に騙されたとはいえ、遼真さんとの関係を疑って心底申し訳ない。

彼女が第二の許嫁になったのは、分家の小言から遼真さんを守っただけ。神崎家への忠誠心が本物なのは、彼女の仕事ぶりからも見て取れる。

彼女の手を借りて車を降りた後、私はバッグから手袋を取り出した。

「雅さん、これを使ってください」

「私よりも奈緒様がお使いください。お身体が冷えたら大変です」

「私は車の暖房でポカポカなんです。雅さんが風邪を引いたら神崎家はどうなりますか？　メイドさんだけでは上手くまわらないと思います」

あえて実直な性格をくすぐると、彼女がおずおずと手袋を受け取る。

「確かに、あの子達だけでは心配です。奈緒様のご厚意を頂戴いたします」

「それで少しでも温まってください。ところで、計画は上手くいきそうですか？」

「遼真様にぬかりはございません。そろそろ終わりの挨拶ですから急ぎましょう」

雅さんは時間を気にしつつ、私の手を緩やかに引いて歩き出した。

私達は立派な玄関ホールを避けて裏口から本館に踏み入る。

ゲストが集まる大広間には向かわない。人目を避けてピアノの練習部屋のドアを開いた。

室内の中央には大型テレビが設置済みだ。普段と様子が異なるのは、ここから大広間の様子を映像で確認する為だった。

私がソファに腰かけるなり、雅さんがテレビのスイッチをオンにする。すぐさま液晶画面越しに大広間の様子が映し出された。

煌びやかな会場内は締めの挨拶がはじまるところだ。司会の藤宮さんの呼びかけで、遼真さんが壇上に現れた。

「本日は『帝リゾート・鎌倉ホテル』のリニューアルオープン式典にお越しいただき、誠にありがとうございました。最後になりますがこの場をお借りして、この地に広まる風説《ふうせつ》の真実と、ある企業の悪行《あくぎょう》を告発いたします」

彼は威厳たる声を放ち、壇上の端を見やる。

彼の視線を受けて、ひとりの男性が壇上の中央へ歩いて行った。

何事かと会場がざわつく最中、目を見張る女性ゲストがいる。城ヶ崎さんだ。

遼真さんは登場した男性にマイクを託した。その彼を凝視して彼女が目尻を吊り上げる。

彼女が睨みつけるのは相馬君だ。スーツに身を包んだ彼が口火を切った。

「今日は会社の不正を告発する為に登壇しました。私は『株式会社ブルーバード』の社員で相馬と申します。我社の鎌倉工場は山林に不法投棄《ふほうとうき》をしています。川魚の被害は投棄した染料が川へ流れたのが原因です。不適切なコストダウンを工場に命じたのは、そこにいる城ヶ崎美琴です！」

「嘘よっ、とんでもないデタラメだわ！」

彼女は憤怒の雄叫びを上げる。それに遼真さんが額に青筋を立てて反論する。

「往生際が悪いぞ！　すべての証拠は揃っている。投棄した染料も国内で未認可だ。政治家に働きかけ、問題になる前に認可にも動いていただろう!!」

「神崎さんの言う通りだ。あなたは内部告発に動きかけた僕を脅迫した。『お前の部署の社員を残らずリストラする』と言って。それだけじゃない、政界に顔が利く神崎さんに近づく為、奈緒さんと僕との不倫まででっち上げた。あんな写真まで撮って！」

相馬君は声高に遼真さんに追従《ついじゅう》する。彼の告白はすべて事実だ。

一昨日、相馬君は実家にいる私に会いに来た。

そして畳に額をぶつける勢いで平身低頭《へいしんていとう》した、その時の話が思い起こされる……。

『高瀬、本当にごめん。俺は城ヶ崎美琴に脅されて写真をわざと撮らせたんだ。部署の仲間を守る為とはいえ、彼女がでっち上げた不倫まで本当だと認めた』

城ヶ崎さんは内部告発に動いた相馬君の身辺調査をした。

それで私達が高校の同級生と知り、悪だくみを思いついたらしい。

彼女はまず同窓会の開催を相馬君に指示した。そこで再会した私達があたかも不倫関係になったと偽装する為だ。

『高瀬が同窓会に出席するって幹事から聞いて、俺は直前まで来るなって願ってた。城ヶ崎は同窓会の会場を押さえて、高瀬を客室に連れ込むように俺に命じていたんだ。

実は、あの部屋は従業員用じゃない。偶然を装って、高瀬と道端で会ったのも城ヶ崎の指示だ』

彼女の綿密な計画を聞いて、私はゾッと身を竦めた。

思えば同窓会で再会した時、相馬君の態度はおかしかった。道端で会った時には酷く疲れた様子だった。あれは良心の呵責に悩む姿だと分かった。

相馬君は悔恨の面持ちでいて、とても責める気にはなれなかった。

彼は悪知恵が働く彼女に脅された。私と同じ被害者だ。

彼女は社員のリストラを盾に相馬君を服従させた。

しかし不倫を罵るチラシを彼方此方にばらまかれ、彼は考えを改めた。まさにその時、遼真さんが彼の家に訪ねて来たそうだ。

『俺の事情を知った神崎さんは、帝コンツェルンの顧問弁護士と警察のお偉いさんを紹介してくれた。『城ヶ崎家は力があるし、ただ不正を訴えても潰される恐れがある』って。実はそれが不安で正しい行動に出られなかった。でも、神崎さんのお蔭で城ヶ崎と戦う決意が出来たんだ』

そこまで話した彼は、『いい旦那さんだな』と吹っ切れた笑みを浮かべていた。

遼真さんは城ヶ崎さんの父親による、政治家への裏工作の証拠を掴んだ。相馬君は不法投棄の確たる証拠を握った。

いまや城ヶ崎さんは袋小路に入った状態だ。それでも彼女は悪態を吐き続ける。

「私が写真を撮ったですって？　そんな証拠がどこにあるのよ！」

彼女はゲストの視線を一身に浴び、金切り声を響かせる。

途端に会場が一段と騒然となると、遼真さんが憤然と声を放った。

「目を凝らして写真を見ればいい。照明に反射したホテルの窓、道路を走る車のミラー。写真には撮影者の鞄が映り込んでいる。それはハイブランドの限定品で、世界に二十しか流通していない。日本国内の所有者は、いま肩にぶら下げているお前だけだ」

断固な叫びに、城ヶ崎さんは絶望に包まれた面持ちで膝をつく。へなへなと床にへたり込む彼女の肩からチェーンバッグが滑り落ちた。

遼真さん、そこまで調べていたのね……。

今日の式典で片をつけるとは聞いていた。しかし、これほどの証拠とは寝耳に水だ。

彼は抜け目がない。バッグの所有者のアリバイはすべて調査済みだろう。

私が驚きに打たれた矢先、大広間を撮影するカメラがある集団を捉えた。

広間に登場した男性達は城ヶ崎さんに歩み寄る。その先陣を切る彼が淡々と告げた。

「神奈川県警です。城ヶ崎美琴さん、山林への不法投棄及び、神崎奈緒さんへの嫌がらせ行為についても話を伺います」

強面の集団に目配せをしたのは藤宮さんの兄だ。

遼真さんが相馬君に紹介した警察官僚は彼のことだった。

『城ヶ崎には必ず罰を与える』

不倫騒動に私が心を痛めた時、遼真さんはここまでの計画を立てた。

この式典は天災騒動の決着と私の名誉回復の場でもあった。

これで終わったんだ、本当に……。

私を貶めた彼女は警察に連行され、画面上から消え失せた。緊張が解けた私は心からの安堵の息をついたのだった。

第十章　はじまりの場所で

小鳥のさえずりが心地いい三月。

真新しいランドセルを背負った女の子と、その母親らしき女性とあぜ道ですれ違う。

ピンク色のランドセルは値札つきだ。女の子のはしゃぐ様子から購入したてと見受けられた。

来月からピカピカの一年生かな？　可愛いなあ。

彼女は弾むようなステップで私の脇を走り抜けていった……。

お腹の赤ちゃんが無事に生まれて三年の時が流れた。

愛する我が子は『聡佑《そうすけ》』。逵真さんの父方の祖父から一字頂戴して命名した。

予定日より少しだけ早く生まれた我が子は、お散歩が大好き。

目につくものに興味津々な三歳だから、紅葉みたいな可愛い手を私はしっかり握る。

ふたりで手を繋いであぜ道を進むと、ドタドタと重々しい音が用水路の涼やかな水の音に混ざった。

「神崎の奥さーん、待って待ってえ！」

慌てふためく初老の女性が私達を呼び止める。ビニール袋を片手に駆け寄ったのは地元の農家さんだ。彼女の職場はすぐ近くの野菜の直売所。そこは聡佑との散歩ルートで私達は顔なじみだ。つい五分前も新鮮な野菜を買ったばかりだった。

「あれ、どうされたんですか？」

「うちの爺さんが直売所に持って来てね。よかったら食べてよ。聡佑ちゃん、きゅうりが好きでしょう？」

「うん！　大好きー」

ビニール袋を手渡され、聡佑はぴょんっとご機嫌に飛び跳ねる。早速手掴みで食べようとするから、私は優しく言い宥めた。

「聡佑、おうちに帰ってからだよ。お棘で痛い痛いになるって聞いたでしょう」

収穫したての野菜は痛い目を見る時がある。新鮮故に棘があり、かぶりついたら口内が出血したりする。食する前に処理をした方が安心だ。

その話は何度か直売所で注意を受けた。聡佑も頷いて理解したと思ったが、忘れてしまったようだ。

「痛い痛い、嫌ーい」

聡佑は納得したらしく、コクコクと首を縦に振る。その様子に農家の彼女が感心した面持ちになる。

「偉い偉い、ちゃんとママのお話を聞くんだね。さすが神崎家の跡継ぎだわあ」

「だってえ、ママ怖いもん。パパよりずーっとずーっとなの」

「聡佑、ちょっとお口を閉じようか……。あの、お代を払います！」

確かにパパよりずーっと怖いけど、余計なことを言わないで！

私は無邪気な息子の口を止め、リュックから財布を出しかけた。しかし、彼女に遠慮されてしまう。

「いいのいいの。これだけ不細工だと売り物にならないからさ。代わりに、またレシピを作ってよ。直売所に置いてあるやつ、すごく美味しかったよ」

「ありがとうございます。またお持ちしますね。来月の料理教室にも、ぜひいらしてください」

「絶対に行くわよ。たまには洒落た料理を作って女っぷりを上げないとね」

彼女はハハッと豪快に笑いながら来た道を戻っていく。

半年ほど前から、私は考案した料理レシピを直売所に届けていた。

レシピにはどれも地元の名産を取り入れてある。あの直売所は地元住民の他に観光客も足を運ぶ。美味しい郷土料理が地域活性化に繋がればいい。レシピには私なりに願いを込めたつもりだ。

「ねえ、聡佑。洒落た料理って言われたし、次回の料理教室はフレンチにしようか」

「やったあ！」

レシピの考案だけじゃなく、私は時折料理教室を神崎邸で主催している。

地元の主婦が大勢集まり、賑わう料理教室が聡佑は大好き。キャッキャとご機嫌な声を上げはじめた。

この三年で地元の人とも随分仲よくなった気がするなあ。

悪い噂の流布を避ける為にも地元住民との交流は大事だと思う。

三年前、遼真さんはこの地で起きた不法投棄の事実を告発した。

『この地に広まる風説の真実と、ある企業の悪行を告発いたします』

警察の厳しい取り調べに城ヶ崎さんは自分の罪を自供した。

彼女は不倫の偽装だけでなく、私への嫌がらせ行為も認めた。

『私を許嫁に選ばなかった神崎さんと、その相手の奈緒さんを恨んでいました。二十年前と今回、彼女を中傷するビラは実家の使用人の手を借りました。偶然見かけた幼い彼女を監禁したのも私です』

彼女は幼い頃から完璧主義者だった。

神崎家の花嫁になる自信があったのに、選ばれたのは使用人の娘だ。

それは彼女にとって認め難い敗北だった。屈辱は大人になっても消えず復讐を企てたという。

『川魚の被害は、神崎家の当主が婚儀のしきたりに背いた天災だ』

彼女は不法投棄の隠蔽と同時に、遼真さんの嫁の座を狙う為に自社工場の社員に命じて噂を流した。

そこへ私という邪魔が入り、不倫騒動をでっち上げて離婚させようとした。私を神崎家から追い出した後は、遼真さんのモラハラを捏造して神崎の名を汚す計画まであったという。

一連の事件が公になり、彼女とブルーバードは世間から袋叩きにあった。

新作のベビー服は未認可の染料を使用する予定だった。それは私が購入を検討したもので、発売前とはいえ風当たりはより強まった。城ヶ崎一族が経営陣から身を引くまで、騒ぎは終わらなかった……。

確かに一連の犯行は彼女の仕業だ。でも天災騒動には違った結末があった気がした。

神崎家は古くからこの地で崇《あが》められ、故に地元住民と距離がある。

普段から彼等の声に耳を傾けて信頼関係を築けていたら、これほどの騒ぎは避けられたんじゃないか。私の考えに遼真さんも同意した。料理教室の開催は彼の出した良案だ。

遼真さんも料理教室に顔を出してくれるし、もっともっと皆さんと仲よくなれたらいいなあ。

我が子の誕生後に盗難に遭った車も戻った。聡佑が成長して手がかからなくなったら、この地にキッチンカーを走らせたい。

父が神崎邸に招かれ、幾多の出会いがあった。

藤宮さんは私の店の常連客に、雅さんは総執事として私を支えてくれる。

そして遼真さんは愛する旦那様になって、彼との間に我が子を授かった。

地元の人とも親しくなって、この町がより好きになった。

お父さん、遼真さんのお祖父様。皆に会わせてくれてありがとう。

遼真さんが父の店に足を運び、それが縁で私は大事な人達と出会えた。

凪《な》ぐ風の暖かさに視線を辺りに散らかす。

土手の傾斜には菜の花の絨毯が広がり、見頃を迎えた桜は春の到来を感じさせた。

一時間後、聡佑に絵本の読み聞かせをしていたら神崎邸の別館に声が響く。

「ただいまー」と馴染み深い声の主は、逡真さんの秘書を務める藤宮さんだ。

「奈緒ちゃん、ただいまー」

「おかえりなさい」

ご機嫌な様子の笑みを貰い、返事をしたものの首を捻る。

自宅でもないのに、なぜ『ただいま』なんだろう？

不可解に思う間も、なぜか今度はブラウンのビジネスバッグを差し出された。

うーん、ますます意味が分からない。

言外に持てと出られたら無視は出来ない。ひとまず彼のバッグを預かろうとしたら、寸前で横から奪われた。濃紺の上質なスーツを着こなす逡真さんの仕業だ。

「ここはお前の家じゃないし、奈緒は俺の妻だ」

「えー、夫婦ごっこくらいさせてよ」

「他所でやれ」

三年経っても藤宮さんの悪戯好きは健在だ。逡真さんに冷ややかに吐き捨てられても、まるで臆さない。

「奈緒ちゃん、男の嫉妬ってカッコ悪いと思わない？」

「えっと……」

割と嬉しいけど……、素直に言ったら絶対にからかわれる！

胸中を素直に打ち明けたら、藤宮さんの術中に嵌まりそうだ。

曖昧に笑って場を取り繕うと藤宮さんは目を爛々と輝かせた。

「そうそう、遼真君に経済紙からインタビューの依頼が来てね。原稿を差し替えようと思うんだ。新タイトルは『総帥は妻を絶賛溺愛中』って、どうかな？」

「ぜ、絶対に駄目です！」

「だよね。ゴロがイマイチだと僕も思う」

藤宮さんが神妙な顔つきになり、私は慌てて声を張る。

「そういう意味じゃないですから！　遼真さんも何か言ってください!!」

「俺はいま忙しい」

私が顔を赤らめる傍らで、遼真さんは最愛の聡佑を抱き上げる。

「聡佑、パパが出張から帰ったぞ」

「パパ、パパあー」

彼の端整な顔に触れようと、聡佑は小さな手を宙に泳がせる。

聡佑は優しいパパが大好き。我が子に頬をぺたぺたと触らせ、遼真さんは心からの笑みを浮かべた。

我が子が産まれた翌月、遼真さんは帝コンツェルンの総帥に就任した。

それと同時に、グループ内の序列最上位に値する『帝物産』の社長の肩書も得た。

その支社は世界各地にあり、遼真さんはいっそう多忙になった。それでも妻と子と過ごす時間はなるべく作ってくれる。

もうっ、聡佑が目に入ると他のことがどうでもよくなるんだから！

遼真さんは勝手気ままな部下を叱責する気はないらしい。

恨めしい眼差しを旦那様に注いだ時、私に救いの手が伸びる。香の匂いを漂わせ、板張りの廊下から雅さんが現れた。

「藤宮さん。おふざけはやめてください」

「げっ……出た」

「どこにだって現れますよ。奥様をお守りするのが私の責務です」

彼女が慇懃《いんぎん》に答えると、藤宮さんが不満そうに眉を顰《ひそ》める。

「雅さんって僕に意地悪だよね。三年前も騙されたしさ。本当に遼真君が好きなのかと思っちゃったよ！　奈緒ちゃんに言えないのは分かるけど、僕には話してくれてもよかったのに」

藤宮さん、まだその話を蒸し返すんだ……。

三年前、雅さんは私の恋のライバルをあえて演じた。

すべては心の底で想い合う私と遼真さんをくっつける策略だ。勘の鋭い遼真さんはその企みに気づいた。私と藤宮さんはまんまと騙されたわけだった。

藤宮さんは彼女の狙いを知って、白目を剥いて驚愕した。そして未だに根に持っている。

藤宮さんが恨み言を零すも、雅さんはいっそう上品に微笑んだ。

「藤宮さんは大がつくほどの馬鹿正直……いえ、嘘がつけないお人柄ですから。私の腹黒い計画には巻き込めません」

「うわあ、腹黒って認めるんだ。確かにそうだよねえ」

「そこは否定するところでは？　腹黒具合は人たらしの藤宮さんには敵いませんよ」

口角を上げたままの彼女に対して、藤宮さんは唇を尖らせて拗ねた表情だ。

「人たらしって、まったく褒められた気がしないんだよねえ」

「事実、称賛しておりません」

ああ、はじまっちゃった……。

このふたりは度々嫌味な口調で応酬し合う。

遼真さんの言葉を借りると、ふたりなりのコミュニケーションの取り方らしい。遼真さんは彼等と長いつき合いだ。彼が問題ないと言うなら大丈夫だろう。

ああ、そうだ。いまの内に大事な物を取りに行こうっと。

彼等から視線を外した私は、親しい人が集う和室を後にする。板張りの廊下を真っ直ぐに進んで自室の襖を開けた。

「お父さん、聡佑が三歳になったよ。一緒にお祝いしてね」

天然木造りの和風ラックには、空にいる父の写真立てがある。

三年前の今日、愛する聡佑は誕生した。

藤宮さんは我が子の誕生日を祝いに来てくれた。間もなく、私の母と遼真さんの両親も神崎邸に到着する予定だ。

遼真さんの実母、小百合さんは一年前に持病の手術を受けた。術後の経過もよく、担当医から帰国の許可も下りている。

小百合さん、夏にはワシントンの病院を出られるって言ってたし。本当によかった。

父の写真立てを胸に抱きながら安堵すると、可愛い声が廊下から聞こえた。

「ママー、どこお？」

弱々しく不安げな声は聡佑だ。我が子の声を聞き違えたりしない。すぐに部屋を飛び出すと、聡佑と手を繋ぐ遼真さんと廊下で鉢合わせた。

「黙って消えるな。心配するだろう?」

「ママ、僕ドキドキしちゃったあ」

「遼真さん、ごめんなさい。ごめんね、聡佑」

父親から離れた聡佑がぎゅっと私の腰にしがみつく。まだまだ甘えん坊の聡佑は小さな恋人のようで愛らしい。

その時、グウッと何者かが音を鳴らした。私の腹に棲みつく虫だ。途端に、聡佑が私の服を捲ろうとする。

「聡佑、ちょっと駄目だよ!」

「だってえ、ママのお腹から蛙さんの声がしたもん。見たい、見たい!」

幼い手を制止させながらもバツが悪い。どうにか虫の音を止めて、ちらっと旦那様の様子を窺う。視線が絡まる一瞬、彼は目尻を下げて微笑した。

「聡佑。ママはお前が生まれる前から、世界一賑やかな蛙をお腹に飼っているんだぞ」

「ママ、すごーい!」

「た、ただの腹の虫です！　お腹が空いたら仕方ないじゃないですか‼」

「俺は鳴らない」

毅然たる態度で否定されるのは、これで何度目か知れない。

うう、事実だけど、すごく悔しい！

私達が結婚する前、彼の前で腹の虫を鳴らした。

その時、同じようにからかわれ『いつか腹を鳴かせてみせます』と息巻いた。それは未だに実現していない。

しかし、私はめげずに宣告する。諦めが悪いのが取り柄のひとつだ。

「鳴らぬなら鳴らせてみせます、いつか必ず！」

私は不躾にもビシッと人差し指を彼に向けて言い放つ。

でも凄味を利かせた途端、グウーッと更なる鳴き声が漏れた。

ああ、頼むから空気を読んで！

腹に棲みつく虫に胸中で愚痴ると、堪らんとばかりに遼真さんが一笑する。

これじゃあ、テレビで見かける芸人のコントじゃない……。

羞恥から頬がみるみると熱を持つと、聡佑が上目遣いにおねだりをしてきた。

「ママ、なでなでしてー。お願い」

「いいよ。聡佑になでなでするの、大好き」

「僕もママのなでなで、だーい好き！」

我が子の頭を優しく撫でると、求められる幸せを実感する。

生まれてから一日たりとも聡佑とは離れていない。大好きを言い合うのは日課で、聡佑が嫌がるまで続けるつもりだ。


その夜、私は別館の厨房にいた。ひとりで味見をして自画自賛とばかりに頷く。

「うん、美味しい！」

ラズベリーのフランボワーズソルベは、隠し味にゆずを入れた。

そうすると甘酸っぱい酸味にゆずの清涼感がプラスされ、遼真さん好みの味になる。

デザートは四種類。これの他に和栗のモンブランに濃厚ショコラティラミス。

火を使ったクレープシュゼットは、ディナー終盤のお楽しみ。

今夜のディナーはフルコース料理に加え、食事に合うワインも厳選してある。

我ながら完璧！　後は遼真さんが来るのを待つだけだ。

料理の準備が終わり、私はグラスを丁寧に磨く。

それからすぐに遼真さんが厨房に現れた。約束の時間通りだ。

「奈緒、来たぞ」

「それでは、こちらへどうぞ」

ダイニングルームに彼を誘い、ふたりきりのディナーがはじまる。

偶然にも、私と聡佑は同じ誕生日。

昼は皆で聡佑のお祝いをして、夜は旦那様とふたりきりの時間を過ごせる。

我が子が生まれてから、夫婦ふたりの時間はなかなか取れない。今夜のディナーが私への誕生日プレゼントだ。

聡佑はいま本館にいる。昼間の誕生日会に出席した皆が彼の遊び相手だ。

子供の面倒を見るのは親の役目だろう。でも今日だけは『たまには夫婦の時間を楽しんで』との皆の厚意に甘えることにした。

こんな風にふたりでディナーをするのって、いつ以来だろう。

心地よい時間が流れ、ふたりで他愛もない話をしながら料理を味わう。彼が舌平目のムニエルを食して満足げに頷いた。

「これは美味い。随分と腕を上げたな」

「ありがとうございます」

優しげな眼差しが私を捉え、心を込めた労いが鼓膜に流れた。

ああ、幸せだなあ。カメラで撮影したいくらい。

生憎カメラの用意はない。だから私は心の中でカメラを構える。記憶というシャッターを押して瞬きもせずに連射する。数えきれないほど何度も……。

笑うと下がる目尻、美しい旋律を奏でるしなやかな指先、低音のボイス。

遼真さんの一挙一動から片時も目を離さない。

至福の一時を心に焼きつけ、ディナーの終盤を迎えた。

今夜のディナーの締めはフライパンで作るクレープシュゼットだ。

私は中座して厨房に戻り、再びコックコート姿でダイニングルームに現れた。

この日の為に練習を重ねてきた。早速、フライパンを使ってフランベを披露する。

「奈緒、なかなかいい手つきだ」

「ありがとうございます。実は、こっそり練習していたんです」

青い炎が楽しげに踊り舞うフランベは、ちょっとした余興《よきょう》になる。

いつか遼真さんに見せられたらと練習した甲斐があった。

ふたり分のデザートを並べ、私は調理道具を厨房へ持ち帰る。

コックコートを脱いだ普段着に戻り、テーブルを挟んで遼真さんと向き合った。

「さあ、冷めない内にどうぞ」

「ああ、美味しそうだ。奈緒、誕生日おめでとう」

クロスを敷いたテーブル越しから、彼は祝いの言葉を何度もくれた。

旦那様の優しさと一緒に、最後のデザートを心ゆくまで味わっていった……。

そうしてディナーが終わるなり、遼真さんが突飛なことを言い出す。

「片づけは俺に任せろ」

「私がやります。遼真さんは出張帰りでお疲れですし」

「問題ない。寝床の準備をしておいたから、奈緒は自室で休め」

やる気満々だけど、本当に大丈夫？

ディナーに使った食器は本館から拝借した。どれも高価なものばかり。遼真さんは生まれながらの御曹司で食器を洗う機会はなさそうだ。

洗い物は不慣れだろうし、食器を割ったりしない？

私の懸念通りになっても、誰も彼を責めないだろう。割れた食器で怪我をするのが心配だった。

私の不安を察したのか、スポンジを泡立てる彼が流し目でこちらを見やる。

「案じるな。俺にぬかりはない」

彼は鋭く言ってのけ、洗い物に取りかかった。

あれ、意外と上手くやれてる。

シンクと向き合う彼は動きに無駄がない。私が助言せずとも、グラスと食器を洗うスポンジを使い分けていた。この様子だと懸念は杞憂《きゆう》に終わりそうだ。

「すみません。片づけをやらせてしまって」

「今日は誰の誕生日だ？　主役に片づけまでさせられん。料理も俺が振る舞うつもりだったのに、急な出張が入ってすまなかった」

「いいえ。でも遼真さんの料理は食べてみたいです。来年の誕生日にお願いしますね」

「ああ。何が食べたいか、この一年で考えておけ」

冗談めかして笑う彼は、一年後も変わらずにきっと多忙だ。

また仕事が入ったら、私が料理を作ればいいか。

来年が無理なら再来年がある。再来年が駄目なら、その翌年だっていい。

いくらだってチャンスはある。何年も何十年先も私達は一緒だから……。

遼真さんは洗い物を片づけた後、私の腰を自分の方に引き寄せた。

彼は間髪《かんはつ》を容《い》れずに私の唇を奪う。柔らかく口づけした後、私の口内に舌を差し込んだ。

「んっ……遼真さ……駄目っ……」

「無理だ」

声を綴ろうにも強引なキスで阻まれる。じりじりと調理台に追い詰められ、口づけの激しさに喘ぎ声がやまなくなった。

「はっ……あ……本当にもうっ……」

身をよじって懸命に訴えると、ようやく息継ぎの機会を得られた。彼の胸板に手を添えたら、キスで濡れた唇が名残惜しげに離れる。そして情欲で濡れた瞳が私を真っ直ぐに咎めた。

そんな目で見ないで欲しい。私だって……。

本音を言えばもっと彼とこうしていたい。時間を忘れて情熱的なキスを味わいたい。でも厨房の時計は間もなく午後七時を迎える。私達は夫婦の前に子の親だ。ふたりきりの時間には限りがあった。

「遼真さん。そろそろ藤宮さんが聡佑を連れて来る時間です」

「来ないぞ。さっき連絡があったからな」

遼真さんは上着の内ポケットに手を忍ばせて、スマートフォンを出す。その液晶画面をタップして、藤宮さんからのメールを私に見せた。

『聡佑、遊び疲れてねんねしちゃった。雅さんが食後に歯を磨いて、僕がお風呂に入れたからこのまま寝ちゃっても大丈夫。可愛い寝顔を彼女と見てるから、ふたりっきりが飽きたら本館に来てね』

藤宮さんからのメールを読み終え、私はクスッと笑いを零す。

「藤宮さん、念願の夫婦ごっこを楽しんでるみたいですね」

「だから言っただろう。あれで仲がいいんだ」

「ご厚意に甘えちゃっていいんでしょうか」

「俺はそのつもりだ」

遼真さんは言うや否や、私を軽々と前抱きにする。あまりにも一瞬の出来事で、私は逞しい腕の中で面食らった。

「わっ……、駄目です。重いんですよ私！」

「どこがだ。少し痩せたんじゃないか？」

「気のせいですよ」

心配げな眼差しを向けられ、私は即座に否定する。

相変わらず鋭いなあ、本当は少しだけ痩せちゃったんだよね。

最近、聡佑はますます活動的になった。少しでも目を離すと、どこにだって飛んで行く。

三歳は自我が芽生える時期で好奇心がより旺盛だ。

育児書で得た情報に聡佑も例外なく当てはまった。何をするか予想がつかないから、私は四六時中つきっきりだった。

わんぱく盛りの我が子は外遊びが大好き。

ここ最近のお気に入りスポットは、三歳児でも楽しめる子供アスレチックだ。そこは年代別に難易度が区別され、安全性が高くて遊びにはもってこいの場所だった。

でも、聡佑は木材と縄のアスレチックにまだ不慣れだ。私の手助けなしではとてもじゃないが遊べない。だから怖がる場所では抱っこして、下ろしての繰り返し。

それを連日やっていたら、体重が少しばかり減ってしまった……。

別に無理なダイエットをしたわけじゃないし、ある意味健康的だよね。でもありのままを伝えたら、遼真さんは絶対に心配するし。

所謂お姫様抱っこをされながら、私は曖昧な笑みを浮かべる。

「痩せるどころか、逆に太っちゃいました」

「本当だな？　じっくり身体に聞いて嘘が分かったら、おしおきだ」

「お、おしおきって……、聡佑じゃないんですから」

「もちろん子供には出来ないおしおきだ」

なんだか、すごいことをされそうな予感が……。

彼はクールな性格だが、私を抱く時は情熱的だ。『おしおき』の激しさを想像するだけで、私の頬は徐々に上気してしまう。

「あの、実はちょっとだけ痩せちゃいました。でも、聡佑と全力で遊んだだけです。心配しないでくださいね」

隠し事をしたって彼には無駄だ。素直に白状すると、厨房を出たところで彼が足をピタリと止める。そして背中をやや丸めて、端整な顔を私に近づけた。

「珍しく素直だな」

「おしおきが怖いので、嘘はやめようかなって」

「よい心がけだ。だが、罪が消えたわけじゃない」

遼真さんは口元に微笑を湛える。その魅惑的な表情に胸の鼓動が脈打ちはじめる。

自室に到着するなり、布団の上に組み敷かれた。

「覚悟はいいか？」

言葉の意味が分からないほど子供じゃない。甘い囁きに身体が淫らに疼くと、彼が服の上から刺激を与えた。

「はっ……ん」

どこを攻めれば嬌声が上がるのか、彼は私を知り尽くしている。

どう恥じらっても足掻いても無駄。甘い戯れは私の淫らな一面を暴いて、より官能の世界へと導く。

いつしか服が奪われ、肌を晒した私を漆黒の瞳が堪能する。

「あんまり……見ないでください」

「恥ずかしいのか？」

頬を赤らめて頷くと「分かった」と容易に返事を貰えた。しかし安堵するや否や、彼は恍惚の表情で自身の服を脱ぎにかかる。

「確かに、俺も堂々と見せないとフェアじゃない」

そ、そういう意味じゃありません！

心の訴えは届かない。彼は鬱陶しそうに髪を掻き上げ、シャツを脱ぎ捨てる。そして完璧な肉体美が私の眼前に晒された。

割れた腹筋と厚い胸板は男らしく、思わず見惚れてしまう。漲る色気には翻弄されっぱなしだ。

彼がベルトのバックルをカチャリと外す。スラックスを脱ぐ姿は見てはいられない。でも目を瞑るも無駄だった。バサッと服を散らかす音が漏れ、その途端に私の両手は顔の横に押しつけられた。

「奈緒、俺を見ろ」

「む、無理です」

「それじゃあ存分に感じておけ」

囁きと共に彼の唇が私の耳を弄ぶ。唐突な戯れに甘い悲鳴が上がるのに、彼は巧みに私を身悶えさせた。

「ん……そこは……駄目っ……」

「ああ、分かった」

急所を避けてと訴えれば、より甘く耳を舐め取られる。

不埒な追撃は止まらない。私を知り尽くした唇と指先に身体が滴りそうなほど淫らに濡らされ、いまにも意識が飛びそう。絶え間ない刺激を与えられ、潤んだ身体を弓なりにしならせた。

「そんなに激しくしたら、もうっ……あぁっ……」

せめて喘ぎ声だけでも止めたかった。

それは叶わない。ひとりで絶頂を味わった後、口元に腕を押しやる。そこで熱の籠った眼差しに射貫かれた。

「大丈夫だ。どんな奈緒でも愛してる、心から……」

不意打ちに届いた言葉がジンッと私の胸を熱くする。

幸せで泣きたくなるのは何度目か知れない。

言葉に偽りはないだろう。彼ならきっと大丈夫。

淫らな私でも受け入れる。どれほどみっともない姿でも、年老いてよぼよぼになっても、生涯愛され、私もまた彼を愛していきたい……。

いつしか羞恥の気持ちは消え失せた。

熱い舌に唇を割られ、再び私は甘い陶酔の渦に呑まれてしまう。その内に口づけは私の甲にそっと落ちた。聖なる誓いを想像させるキスに愛おしさが込み上げていく。

「遼真さん、ずっと変わらないでいてください」

「ああ、もちろんだ」

即座に答えた彼が、私の唇を甘い口づけで封じる。口蓋まで味わうキスで私を酔いしれさせた後、囁きを届けにきた。

「誰が止めても無駄だ。奈緒を永遠に離さない」

「遼真さん……」

心のままに彼のうなじに手をまわして、更なる抱擁を私は強請った。

上体を起こした彼に組み敷かれ、唇と指先で愛し尽くされる。彼が触れる度に、白砂糖を煮詰めたシロップのように身体が蕩けてしまう。

遼真さんはキスの雨を私の全身に降らせ、濃密な香りで部屋中を満たしていった。

「あ、あ……またっ……」

快楽の波が再び私に押し寄せる。解放の時が忍び足で近づいた。

二度目の果ては共に迎えたい。献身的に愛する彼に涙目で訴える。

「遼真さっ……お願い……」

「ああ、分かった」

コクリと頷く彼に、私は首を横に振る。

「あの、大丈夫です。その……着けなくて」

「ふたり目が欲しいのか？」

最近、『赤ちゃんのお世話がしたい』と聡佑に強請られた。

まだまだ目が離せない我が子だが、下の子が出来たら兄の自覚を持つかもしれない。

そんな聡佑を想像するのも楽しいし、ふたり目が欲しいとも思っていた。

焦がれる眼差しを注がれ、彼が濡れそぼった私の身体に身を沈める。逞しい両膝に私を閉じ込め、妖艶《ようえん》な喘ぎを辺りに散らかした。

「ああっ……奈緒……」

潤んだ身体に矢を放たれ、恍惚の眼差しを一身に受ける。

激しい突き上げに身を震わせ、頭が白く染まりはじめた。それを懸命に止めると、彼も徐々に余裕なさげな面持ちになる。

「奈緒……奈緒っ……愛してる」

「遼真さん……私もっ……ああんっ」

彼の背中に抱きついた刹那、身体の最奥まで愛を注がれる。身も心も愛する彼に満たされ、ようやく私は意識を手放した。

エピローグ《遼真SIDE》

妻を存分に愛した後、本館にいる理人から連絡があった。

『聡佑が起きちゃった。寝起きは本物のパパとママじゃないと駄目みたい』

呼び出しに応じて本館に向かうと、我が子が玄関ホールでギャン泣きしていた。

しかし俺達夫婦の姿を見るなり、嗚咽は徐々に弱まっていく。そして途方に暮れていた理人と雅に礼を伝え、親子三人で別館に戻って来たわけだった。

「パパあ。どうしてお部屋が違うのお？」

俺が寝室を避けて客室に足を運ぶと、俺の腕の中で聡佑が不思議そうに言う。

汚れを知らない瞳を見据え、嘘は言い辛い。俺は視線を宙に彷徨わせる。

「普段ねんねするお部屋は……色々あってな」

寝室は夫婦で愛し合ったばかりだ。

聡佑を慌てて迎えに行った為、布団すら片づけていない。悪いことをしたわけじゃないが避けたい気分だ。

しかし俺の誤魔化しは聡佑には通じない。容赦なく俺を追い詰める。

「色々って、なあに？」

「色々は……色々だ」

「分かんなあーい」

「とにかく色々だ。何が何でも色々だ！」

ああ、なんて言い訳をすればいいんだ！

俺が必死に主張を押し通していたら、傍らの奈緒がぷっと吹き出す。そして、いかにも母親らしい回答を我が子に伝えた。

「色々って言ったら色鉛筆かな。ねえ聡佑、明日はパパと三人でお絵描きしようか」

「するー。パパ、お上手だもん！」

さすがは母親だ。どちらが先の勝負に続き、子育てでは奈緒に完敗だな。

聡佑の関心が一瞬で他所に向き、俺は感嘆の息をつくしかない。

そうしてお茶を濁した後、客室で寝床の準備を整える。

聡佑にせがまれて絵本を読んでやったが、最後のページを捲る前に寝息が聞こえてきた。

眠りに落ちたのは聡佑だけじゃない。我が子の背に手を添えながら、最愛の妻も安らかな寝息を立てはじめた。

「ここからが面白いんだが、おやすみ」

俺は読みかけの絵本を枕元に置き、寄り添うふたりに布団をかける。

聡佑に読み聞かせた絵本は、その昔奈緒の父に託したものだ。

匠さんに渡した当時は、姫と王子が別離する切ないラストで物語を終えた。

それに俺は続きを加えた。愛するふたりの傍らで俺も眠りに落ちていく。そして夢を見た……。

俺が迷い込んだ世界には、桜色のワンピース姿の幼女がいる。

彼女は城郭のような洋館を見て目を輝かせた。

わあ、お城だあ！　王子様はどこだろう？

幼女は爛々とさせた瞳をキョロキョロと彼方此方に動かす。

その時、彼女の耳に美しい音色が届いた。心温まる旋律に誘われ、彼女はそばの窓ガラスを執拗に叩く。

やがて音色はやみ、漆色の瞳を持つ少年が内側から窓を開けた。

「あなたは王子様ね！」

「違う。君は誰？」

「奈緒だよ」

ふたりの視線が絡まった、まさにその時。

空よりも高い天から絹のように柔らかな風がたなびく。

屋敷を取り囲む樹木がざわめき、薄紅色の花びらと新緑の葉が渦のように舞い上がる。これからはじまる恋物語を祝福するように……。

凪ぐ風に乗り、空からの声が俺の耳まで届いた。


『遼真、お前の好きにしろ』

『遼真君、奈緒と聡佑を頼むぞ』


心温まる夢はそこで終わる。夢の出来事は現実で天からの声は俺の願望だろう。

なんて勝手だと苦笑しつつも、ひょっとしたらと思う。

天国にいるふたりが、ささやかな祝辞を夢の世界に届けたのかもな。

枕元の絵本を開けば、王子にプロポーズをする姫がいる。

王子は暗い檻から自分を救った姫にキスを捧げ、生涯愛する誓いを立てた。

ふたりは結婚して可愛い男の子を授かった。

母になり、いっそう強くなった姫は雷に怯えなくなった。
妻にせがまれた絵本の続きは、俺の現実そのものだ。
手を伸ばせば愛する家族がいる。触れ合える喜びはこの上ない至福だ。
ふたりがいるから叶う幸せだ。
俺が紡ぐ物語は終わらない。何年も何十年もずっと……。

【完】

あとがき

こんにちは、逢咲《おうさき》みさきと申します。

この度は、あとがきまでおつき合いくださり誠にありがとうございます。

この作品は二〇一九年にSNS上で公開した作品がベースになっています。

しきたり結婚の設定は当時のままですが、天災騒動、第二の許嫁、絵本に隠された秘密等々は改稿から生まれた設定です。

もし当時の作品をご存じの方がいらっしゃいましたら、新たな物語を楽しんでいただけていたら幸いです。

さて物語ですが、幼い遼真が強い決意を固めたことで動き出します。

『この世界から消えても奈緒を守る』

大人達は遼真が絵本に込めた思いに気づきませんでした。

奈緒の父は特に悔いていたので、遼真の祖父と共に夫婦になったふたりを天国で見守っているといいなあと思います。

現実離れした物語でも『登場人物はどこか身近に感じて欲しい！』と願いを込めて、

私が描くヒーローは癖がある人ばかりです（笑）。

この作品における逵真も様々な人の影響を受けています。

逵真の性格の〝この部分はあの人の影響〟と匂わせる内容が物語上にあるので、もし読み返す機会があれば探してみてくださいね。

この場をお借りして、刊行にあたりご尽力いただいた皆様にお礼申し上げます。

編集者様、改稿の度に励みになる感想とご指導をありがとうございました。

ワカツキ先生、初々しい奈緒と美麗な逵真の装丁は、私の想像以上に素敵でドキドキしました。心よりお礼申し上げます。

そして著書をお手に取ってくださった皆様、私が活動するサイトやホームページにお越しくださる皆様、本当にありがとうございます！

またどこかで、お会い出来れば幸いです。すべての出会いに感謝を込めて――。

逢咲みさき

マーマレード文庫

跡継ぎをお望みの財閥社長は、初心な懐妊妻に抑えきれない深愛を注ぎ尽くす

2023年4月15日　第1刷発行　定価はカバーに表示してあります

著者	逢咲みさき　©MISAKI OHSAKI 2023
編集	株式会社エースクリエイター
発行人	鈴木幸辰
発行所	株式会社ハーパーコリンズ・ジャパン 東京都千代田区大手町1-5-1 電話　03-6269-2883（営業） 0570-008091（読者サービス係）
印刷・製本	中央精版印刷株式会社

Printed in Japan ©K.K. HarperCollins Japan 2023
ISBN-978-4-596-77100-1

m a r m a l a d e b u n k o

本作品はWeb上で発表された『相愛婚―今夜、極上社長に甘く独占され結婚しますー』および『今夜、名家の社長に甘く独占され結婚します』に、大幅に加筆・修正を加え改題したものです。